Les chevaux n'ont pas d'ombre

Du même auteur, dans la même collection :

L'agenda
Amies sans frontières
Un chien contre les loups

Dans la collection Rageot Poche :

OCE-ANI-A

La prophétie des oiseaux
Horizon blanc
Sur les ailes du vent

Hélène Montardre
Illustrations de Vincent Dutrait

Les chevaux n'ont pas d'ombre

RAGEOT

À Sombrero.

ISBN 978-2-7002-3545-6
ISSN 1951-5758

« Les chevaux n'ont pas d'ombre », disait toujours mon père.

Longtemps je me suis demandé ce que cela signifiait.

Jusqu'à ce que Léa arrive dans ma vie.

C'est l'histoire de deux filles.

L'une qui avait une sœur et l'autre qui n'en avait pas.

1

La première fois, elle est venue à vélo. Je sortais de la maison et j'allais entrer dans la salle du club. C'est à cet instant que je l'ai vue : une silhouette qui zigzaguait sur le chemin ombragé pour éviter les trous. La piste qui conduit à notre ferme équestre n'est pas très bonne mais papa n'a jamais voulu engager les fonds nécessaires pour la faire goudronner. À chaque orage, les nids-de-poule se remplissent d'eau et se creusent un peu plus. Nous y sommes habitués et ceux qui viennent chez nous aussi.

Il avait plu la veille et l'air était encore chargé des senteurs humides dégagées par les arbres alentour. Le portail était grand ouvert, comme toujours. Le chien a surgi de derrière l'écurie, la tête haute, la queue en arc de cercle, et a trottiné nonchalamment vers la visiteuse. À la hauteur du portail, il a marqué un imperceptible temps d'hésitation avant de s'engager à l'extérieur, évitant lui aussi les flaques d'eau.

Contrairement à son habitude, il n'a pas aboyé.

Il s'est juste porté à sa rencontre.

J'ai vu la silhouette qui s'arrêtait, qui jetait un coup d'œil vers la cour et, sans trop savoir pourquoi, j'ai reculé dans l'ombre du mur. J'ai cru qu'elle allait repartir. Le chien n'est pas méchant, mais ceux qui ne le connaissent pas ne peuvent pas le deviner et, habituellement, les visiteurs qui viennent ici pour la première fois s'en méfient.

Elle n'a pas essayé de le caresser. J'ai deviné qu'elle lui parlait, sans entendre les paroles qu'elle prononçait. Elle a mis pied à terre et a poursuivi son chemin vers le portail en poussant son vélo.

Le chien dansait à ses côtés.

Arrivée au portail, elle a hésité, se demandant ce qu'elle devait faire : entrer ? Appeler ? Puis elle a avisé la chaîne le long du mur et elle a tiré. La cloche s'est ébranlée et le son familier a résonné dans le silence. Le chien s'est sans doute dit qu'il avait accompli sa tâche, car il a abandonné la visiteuse pour rejoindre l'écurie.

Je suis entrée dans la salle du club en laissant la porte ouverte. Je savais ce qui allait se passer. Et ça n'a pas manqué.

J'ai entendu la porte de la maison qui s'ouvrait. En apercevant la haute silhouette de mon père, la visiteuse s'est décidée à franchir le portail, à traverser la cour. J'ai entendu sa voix :

– Bonjour, monsieur. Je viens pour...

– Tu veux monter à cheval, l'a interrompue mon père.

– Euh... Oui... Peut-être... Je voudrais surtout des renseignements.

– Hum, a bougonné mon père qui n'a jamais été très bon pour « donner des renseignements ».

En revanche, il s'est toujours très bien débrouillé pour que nous nous chargions de cette mission. Il a enchaîné :

– J'ai cinq filles par là. Tu en trouveras bien une pour te dire ce que tu veux savoir.

Il lui a tourné le dos et est rentré dans la maison.

Je me suis demandé ce qu'elle allait faire. Parfois, cet accueil abrupt décourageait un client éventuel et il s'en retournait sans chercher plus loin. Quand nous sermonnions notre père à ce sujet, arguant que quelques clients supplémentaires ne seraient pas de trop, il répliquait :

– Il n'y a rien à regretter. S'ils n'insistent pas, c'est qu'ils ne sont pas pour nous. Mieux vaut qu'ils aillent ailleurs.

Elle n'est pas repartie. Elle a appuyé son vélo contre le mur, s'est approchée de la porte vitrée du club, a frappé d'un doigt timide contre le carreau, une fois, deux fois, avant de pousser le battant et de s'aventurer à l'intérieur.

Elle ne m'avait pas encore aperçue, même si moi, je la voyais, debout sur le seuil entre l'ombre et la lumière. À cet instant, tout était encore possible. Elle pouvait s'en aller, renoncer, me laisser à ma tranquillité, mais elle a avancé.

– Bonjour, a-t-elle dit en me découvrant.

J'ai soupiré. Quand mon père lance : « J'ai cinq filles par là, tu en trouveras bien une ! », c'est toujours sur moi que ça tombe.

2

Elle voulait les renseignements qu'ils veulent tous : comment s'inscrire, les tarifs, l'assurance, les horaires des reprises. En ce qui concerne les prix, je me débrouille bien. Ce n'est pas difficile, ma deuxième sœur les a affichés sur un panneau de liège à côté de divers documents dont celui qui spécifie que la ferme possède toutes les autorisations administratives nécessaires.

Pour les horaires, c'est plus compliqué. Comment expliquer à ceux qui arrivent chez nous pour la première fois qu'ils dépendent du temps, de l'humeur de mon père, de la saison, des autres cavaliers… Les habitués, eux, s'y retrouvent très bien. Les nouveaux, c'est autre chose. J'ai éludé en questionnant très professionnellement :

– Tu sais monter ?

– Un peu…

– Un peu, comment ?

– Là où j'habitais avant, j'allais dans un club…

Je l'ai interrompue :

– Ici, ce n'est pas vraiment un club, mais une ferme équestre. Si tu veux un club, il y en a un de l'autre côté de la ville.

– Je sais, j'y suis déjà allée. Ça ne me plaît pas trop. Là d'où je viens, c'était un tout petit club. Mais ce n'était pas comme ici non plus, a-t-elle ajouté en détaillant la pièce du regard.

Je n'avais aucun mal à la croire. Je ne connaissais aucun endroit comme notre ferme, à la fois élevage de chevaux, exploitation agricole, ferme équestre, où nos clients avaient toujours l'impression qu'on leur faisait une fleur en les laissant monter à cheval alors qu'ils payaient tout de même pour cela !

– Tu es dans la région depuis longtemps ? ai-je demandé.

– Un mois. Je peux voir les chevaux ?

J'ai été prise de court.

– Euh... C'est-à-dire... La plupart ne sont pas là.

– Ils tournent en reprise ? Je peux aller regarder ? Où se trouve le manège ?

J'ai secoué la tête.

– Le manège est petit. Nous l'utilisons seulement quand nous ne pouvons pas faire autrement.

– Et la carrière ?

– La carrière est par là, derrière les bâtiments. Mais les chevaux sont en balade.

– Ah... Vous en faites souvent des balades ?

Mes yeux ont brillé.

– Oui. Mon père dit que c'est en extérieur qu'on voit les vrais cavaliers. Et ici, il y a de la place. Notre ferme couvre plusieurs hectares avec des champs, des bois. Et il y a l'Allier. Quand l'eau n'est pas trop haute, on traverse et, de l'autre côté, c'est encore plus sauvage. Tu as déjà fait des balades ?

– Oui. Là où j'étais avant, on sortait aussi. Parfois, on partait pour la demi-journée.

– C'était où ?

– Dans la Vienne.

Je n'étais pas mieux renseignée. Je suis nulle en géographie et je n'avais aucune idée de là où se trouvait la Vienne.

– Ce n'est pas comme par ici, a-t-elle poursuivi. Là-bas, c'est plat.

– Pour galoper, c'est bien ! ai-je lancé.

Elle a souri.

– Vous ne faites que des balades ? a-t-elle interrogé. Ou aussi des reprises ?

– Non, non, on fait de tout. Des reprises, du dressage, de l'obstacle. Et nous participons régulièrement à des concours dans la région. Ça t'intéresse ?

– Je ne sais pas.

– Je peux te montrer l'écurie si tu veux, ai-je proposé d'un air engageant.

– D'accord, a-t-elle aussitôt accepté.

Nous sommes sorties dans la cour et le chien est venu à notre rencontre. Elle a tendu la main vers lui et il l'a reniflée d'un air content, mais elle ne l'a pas touché. Elle est restée sur le seuil de l'écurie tandis que j'actionnais l'interrupteur, puis elle a fait quelques pas, observant les stalles vides, les box aux portes ouvertes, respirant l'odeur animale mêlée à celle de la paille et du crottin.

– Voilà, ai-je dit un peu bêtement.

Il n'y avait rien à expliquer. C'était une écurie.

Elle a hoché la tête et est sortie. J'ai éteint la lumière, je l'ai suivie et nous avons retraversé la cour d'un pas lent. Elle a posé les mains sur le guidon de son vélo et déclaré :

– Je dois partir.

Je me suis affolée. J'étais en train de perdre une cliente, mes sœurs allaient me tomber dessus !

– Pour les horaires… ai-je commencé précipitamment. Enfin… Si tu veux monter… Il faudrait faire un essai… pour le niveau…

– Oui. Bien sûr. Je reviendrai. Samedi, ça va ?

J'ai approuvé, soulagée :

– Oui. Samedi. Il y aura du monde. Viens vers deux heures.

– D'accord.

Elle a enfourché son vélo et a lancé, comme une promesse :

– À samedi alors !

– À samedi. Attends ! Tu t'appelles comment ?

– Léa.

Je l'ai regardée s'éloigner, ses longs cheveux châtains balayaient son dos, son vélo penchait d'un côté, de l'autre, au rythme des coups de pédale. Je me suis dit que nous devions avoir le même âge.

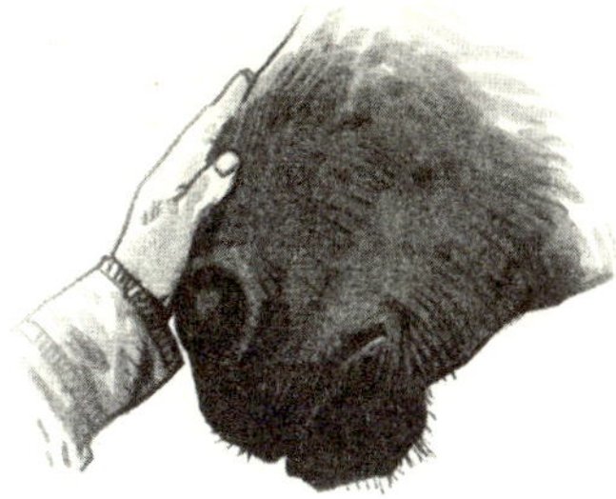

3

Le samedi, c'est le jour où il y a du monde. Dès le début de l'après-midi, la salle du club se remplit déjà avec nous, les cinq sœurs, présentes sur le pont, prêtes à accomplir les tâches qui nous attendent : accueillir les cavaliers, recevoir les parents des plus jeunes, organiser les reprises, attribuer les chevaux, les préparer… Il faut avoir l'œil à tout et sur tout le monde.

Les habitués arrivent très tôt, mêlant leurs jacassements aux nôtres. La plupart des cavaliers du week-end sont des cavalières, nous avons presque le même âge, ou elles sont plus vieilles que moi, comme mes sœurs. Et il y a aussi les plus petits, que l'on met sur les poneys et qu'on emmène balader dans le bois d'à côté. Au début, c'est toujours la même chose ; on a l'impression qu'il ne se passera rien, que l'après-midi entière s'écoulera à bavarder et à rire dans la salle du club. Eh bien pas du tout ! À un moment, l'une d'entre nous se lève et déclare :

– On y va !

Et nous y allons. C'est l'instant que choisit mon père pour se montrer. Il approuve :

– Ah ! Vous y allez !

Il n'intervient pas. Il supervise. Plus tard, en fin de journée, il assurera la reprise des cavaliers avancés, ma reprise.

Ce samedi-là, nous n'en étions qu'aux prémices. Aucune d'entre nous n'avait encore prononcé les trois mots fatidiques quand je l'ai vue s'approcher de l'entrée de la salle.

À dire vrai, je l'avais oubliée. Ou peut-être pensé qu'elle ne reviendrait pas. Et pourtant elle était là, ni dedans ni dehors. Je crois que si je ne l'avais pas interpellée, elle serait partie, effarouchée par tant de monde, par toutes ces voix qui déferlaient dès qu'on poussait la porte.

Je crois aussi que j'ai hésité à l'appeler. L'ombre d'une seconde, je me suis dit qu'elle n'avait rien à faire ici, qu'elle était différente, qu'elle allait nous plomber la journée avec sa présence silencieuse, ses regards muets qu'elle posait sur ce qui l'entourait. Ai-je vraiment eu cette pensée ? Je ne sais pas. Je ne la connaissais pas.

J'ai agité le bras et crié :

– Léa ! Entre !

J'ai surpris son mouvement de recul et soupçonné l'énorme effort qu'elle a dû accomplir pour franchir le pas. Elle a marché droit sur moi et a murmuré :

– Salut.

Les autres lui ont jeté un bref coup d'œil sans juger utile d'interrompre leurs conversations. Elle n'appartenait pas à notre groupe.

Pas encore.

J'ai détaillé ses vêtements, des chaussures montantes, un pantalon de jogging, un tee-shirt et un pull noué sur les épaules, et j'ai demandé :

– Tu n'es pas en tenue d'équitation ?

– C'est ma tenue, a-t-elle répondu. J'ai mes chaps[1] dans mon sac.

– On y va ! a clamé ma troisième sœur.

Tout le monde s'est levé dans un joyeux brouhaha.

– On y va, ai-je répété à son attention.

– Où ça ? a-t-elle questionné.

– À l'écurie, tiens ! ai-je rétorqué, oubliant qu'elle n'était pas au fait de nos formules ni de nos habitudes.

Nous nous sommes éparpillés dans la cour et dans les bâtiments tandis que je lui expliquais :

– Nous allons d'abord préparer les poneys pour les petits. Aujourd'hui, c'est moi qui les conduis. Les filles là-bas vont partir en balade avec ma sœur aînée. Et toi… on verra tout à l'heure. Mon père te mettra sûrement à cheval avant la reprise.

1. Vêtement d'équitation constitué de jambières robustes et d'une ceinture. Les chaps se portent par-dessus le pantalon.

– Je ne sais pas si je vais monter aujourd'hui, a-t-elle dit très vite. Je suis venue pour voir...

– Ben pourquoi ? Oh ! Si c'est une question d'argent, nous offrons toujours le premier essai, et même les deux premiers si le cavalier hésite !

– Ah... Bon. Je déciderai après. Je peux t'aider pour les poneys ? Que faut-il faire ?

– Montrer aux petits comment les brosser, leur curer les pieds, les seller.

– D'accord.

Les petits étaient déjà autour de nous, un peu maladroits avec leurs bottes et leur casque souvent fixé de travers sur leur tête, réclamant :

– Moi, je veux Cachou !

– Et moi, Tic Tac !

– Et moi, Volivol !

J'ai pris ma grosse voix pour clamer :

– Du calme ! Vous aurez le poney qu'on vous donnera ! Et ne faites pas tant de bruit, vous dérangez les grands !

Nous nous sommes mises au travail. Je n'ai pas eu à m'occuper de Léa. J'ai tout de suite vu qu'elle était à son affaire. Ses gestes étaient doux et sûrs, sa voix basse rassurait les poneys et les petits cavaliers, ses gestes étaient simples, précis, efficaces. Bientôt, les poneys ont été propres, harnachés, rassemblés au milieu de la cour, prêts à partir.

Je ne me souviens pas de quoi nous avons parlé cette première après-midi alors que nous déambulions sur les chemins détrempés. Pas de grand-chose sans doute. Notre attention était requise par les jeunes cavaliers et par l'humeur parfois fantasque des poneys. Mais je sais que je n'ai pas vu le temps passer. Quand nous sommes revenus, papa était debout au milieu de la cour. Il a interpellé Léa :

– Alors, c'est toi qui veux monter chez nous ?

– Euh… a bredouillé Léa.

Je me suis empressée d'intervenir :

– Oui, c'est elle !

– J'ai préparé Falabella. Dessellez-moi tous ces poneys et rendez ces gosses à leurs parents. Quand vous aurez terminé, rejoignez-moi à la carrière. On verra ce que ça donne.

– C'est que… a commencé Léa.

– Tu veux monter oui ou non ? l'a coupée mon père.

Elle a planté son regard dans le sien et a répliqué :

– Oui.

– Eh bien, voilà ! Ce n'est pas compliqué ! a grommelé papa en nous tournant le dos.

J'ai emmené les poneys vers l'écurie en demandant à Léa :

– Pourquoi tu hésites tellement à l'idée de monter ? Ce n'est pas la première fois ! Et tu connais bien les chevaux !

Elle a haussé les épaules.

– Cela fait longtemps. Enfin, j'ai l'impression. Depuis qu'on a déménagé, je n'ai pas repris. C'est un nouveau cadre. De nouveaux chevaux… Des fois, j'ai l'impression que je ne saurai plus.

– Tu n'as rien à craindre. Falabella est très douce. Et papa, sous ses airs un peu bourrus, est un excellent moniteur.

Elle n'a rien répondu.

4

La carrière avait été aménagée dans un champ derrière la maison, de l'autre côté du jardin. Quand nous y sommes arrivées, papa, juché sur Falabella, tournait sur la piste. Nous avons observé un moment sa silhouette longiligne, prolongée par le chapeau en velours qu'il portait toujours quand il montait à cheval, puis il nous a vues, a conduit la jument au centre de la carrière, l'a immobilisée avant de sauter à terre et de déclarer à l'intention de Léa :

– C'est à toi, jeune fille. Elle est prête.

Léa s'est faufilée sous la barrière et s'est approchée de Falabella. Elle a flatté l'encolure, promené sa main sur le chanfrein et la jument a tourné la tête vers elle en hennissant doucement. Puis Léa a vérifié le sanglage et ajusté les étriers en mesurant la longueur des étrivières sur celle de ses bras.

– Tu y es ? a demandé mon père.

Elle a hoché la tête.

– Alors en selle ! Je tiens les rênes, mais elle ne bougera pas.

Léa a placé son pied gauche dans l'étrier, a agrippé le pommeau et le troussequin de la selle, s'est enlevée souplement. Mon père lui a glissé les rênes dans les mains, a vérifié sa position et a prononcé notre formule favorite :

– On y va !

J'ai tout de suite vu quel type de cavalière était Léa. Sensible, intuitive, immédiatement en accord avec sa monture, ferme et douce à la fois... toutes les qualités qui faisaient de papa un cavalier hors pair. Elle a exécuté deux tours au pas à une main, puis à l'autre, prenant la mesure de la jument, et, sans attendre l'ordre de papa, elle a demandé le trot, effectué une ou deux figures, changé de main, recommencé.

Quand elle s'est arrêtée devant nous, son visage resplendissait.

– Je n'ai rien perdu ! a-t-elle déclaré.

– Un temps de galop ? a proposé papa.

– D'accord !

Elle a lancé Falabella au tout petit trot et dans le virage, bien tranquillement, elle a pris le galop. Rien à dire. Ses mains n'avaient pas bougé, son assiette était parfaite. J'ai vu papa qui suivait ses évolutions d'un regard pensif. Il n'est pas intervenu. Il n'a émis aucune remarque. Quand Léa est repassée au pas et a lâché les rênes, permettant à la jument d'allonger l'encolure, il a gagné le centre de la carrière. Elle est venue vers lui et la jument s'est arrêtée d'elle-même, tendant son museau vers la main familière de mon père tandis que Léa guettait son verdict.

Papa m'a appelée d'un signe. Je l'ai rejoint. Il a attendu que je sois à ses côtés pour déclarer en me regardant :

– Elle peut venir quand elle veut. Tu lui montreras nos chevaux.

Il s'est tourné vers Léa et a ajouté :

– Je t'inscris à la dernière reprise du samedi. Tu commences la semaine prochaine.

La dernière reprise du samedi, c'était la mienne. Celle des meilleurs. Celle qui préparait aux concours.

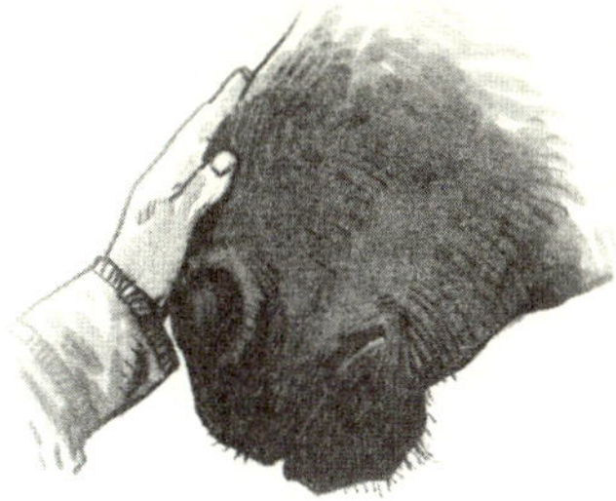

5

Papa m'avait dit de lui présenter nos chevaux, c'est ce que j'ai fait.

Le samedi suivant, nous avons déambulé dans l'écurie.

– Lui, c'est Athos, ai-je commencé en désignant un cheval bai foncé. C'est le plus grand de nos chevaux. À l'obstacle, il n'a pas de rival! À côté, c'est Belle de Mai. La plus rapide. La favorite des cavaliers. Au galop, elle laisse les autres sur place. Voici Brunelle. Il ne faut pas se fier à sa taille ni à sa façon de se tenir dans le box. Elle est petite et a toujours un air endormi, en réalité c'est une vraie bombe, presque capable de rivaliser avec Belle de Mai. Là, c'est Liseron, croisé mérens et pur-sang arabe ; de la pêche, mais un fichu caractère...

À la fin, j'ai proposé :

– Il y a aussi ceux du grand parc, tu veux les voir ?

– Bien sûr !

Le grand parc aux chevaux ne se trouvait pas à côté de la maison. Il fallait dépasser la carrière, longer le champ, continuer encore plus loin. Avec mes sœurs, quand nous devions aller chercher un cheval là-bas, c'était à celle qui n'irait pas ! Et quand elle m'a vue prendre cette direction, ma troisième sœur m'a lancé :

– Ramène Pirouette tant que tu y es ! On en aura besoin tout à l'heure !

J'ai empoigné un licol, une longe, et proposé à Léa :

– Tu viens ?

Elle m'a suivie sans un mot et le chien nous a emboîté le pas. Lui, il aime bien aller chercher les chevaux, ainsi il se promène, sort de la cour.

Quand nous sommes arrivées devant la barrière, j'ai poussé un soupir de découragement. Pas un cheval à l'horizon. L'herbe était tondue à ras, les buissons grignotés, les bosquets délaissés. Léa m'a jeté un regard interrogateur.

– Ils sont au fond, ai-je expliqué. Ils sont toujours au fond. Ils doivent trouver que l'herbe y est meilleure !

– C'est grand ?

– Immense. En fait, ici, ils sont quasiment en semi-liberté. Des fois, pour les trouver, on y passe des heures.

– C'est vraiment grand chez vous ! Et tout appartient à ton père ?

– Ben oui. C'est une ferme, ici. Il y a les prés pour les chevaux et les terres agricoles. Au printemps, on fait les foins, et après, les moissons. Tu pourras nous aider si tu veux.

Nous sommes entrées dans le parc et j'ai repris :

– C'était comme ça, là où tu montais avant ?

– Non. Ça ressemblait plus à un club hippique. Mais la ville était petite, la campagne proche et il y avait plein de chemins. On sortait souvent...

– Et tu montes depuis longtemps ?

– Trois ans. J'ai commencé dans la ville d'où nous venons. C'est une copine du collège qui m'a emmenée. Un mercredi, je l'ai accompagnée au club, et voilà.

– Et avant ? Tu habitais ailleurs ?

– Oui. On déménage souvent. Mais avant, je n'avais pas pensé que je pourrais monter à cheval.

– Tu avais une autre activité ?

– Non. J'aurais bien aimé la danse, mais c'est ma sœur qui fait de la danse.

– Ah... Et alors ?

– Alors c'est comme ça. Si elle en fait, moi, je ne peux pas en faire. Tiens, a-t-elle ajouté en levant un bras. Regarde ! Ils sont là-bas !

– Allons-y doucement ai-je murmuré. Si l'un d'eux s'éloigne, ils vont tous le suivre.

– C’est laquelle, Pirouette ?
– L’alezane avec la liste sur le chanfrein.
– Elle est jolie.
– Oui, seulement il faut savoir la prendre. Elle est un peu ombrageuse.

Nous avons contourné lentement le groupe des chevaux puis j’ai avancé vers Pirouette, la main tendue, le licol sur l’épaule.
– Allez, la belle, il va falloir travailler un peu !

Elle m’a regardée du coin de l’œil, m’a laissé poser la main sur son encolure.
– Ouf ! ai-je soufflé. C’est bon. Certains jours, il faut leur courir après et le parc est tellement immense qu’on finit par les perdre. Bon, enfin tu vois, là, ce sont nos autres chevaux. Tu apprendras à les connaître.
– Et celui-là, là-bas ?

J’ai suivi des yeux la direction qu’elle désignait.

Nettement à l’écart, un grand cheval noir nous tournait le dos. Son poil était terne, ses flancs maculés de terre, les crins de sa queue et de sa crinière emmêlés. Je me suis exclamée :
– Ah ! Il est là, lui ! D’habitude, il ne reste pas avec les autres, il est toujours seul dans un coin, on ne le voit pas beaucoup.

– C’est qui ?
– Sombrero.
Léa s’est avancée vers lui en chantonnant :
– Oh oh ! Oh oh oh !
Soudain, le cheval a fait volte-face et a tendu la tête vers elle, les oreilles plaquées en arrière, les lèvres retroussées, menaçant. Léa s’est arrêtée net.
– Attention ! Ne l’approche pas ! ai-je lancé.
– Pourquoi ?
– On ne le monte plus. Regarde-le. Bientôt, on ne pourra plus l’approcher. Papa devrait s’en débarrasser.
Il y avait de la rancœur dans ma voix.
– Mais qu’est-ce qu’il a ? a demandé Léa.
– Il a mal tourné. Il a jeté plusieurs cavaliers…
– Et toi ?
– Moi aussi. En balade, sur un pont, pas très loin d’ici…
– Tu t’es blessée ?
– Ma jambe…
– C’est pour cela qu’elle est un peu raide ?
– Ah ! Ça se voit encore alors !
– À peine. Et seulement à certains moments.

J'ai expliqué à contrecœur :

– Je suis tombée et j'ai pris un coup de sabot. Double fracture. Avec des complications. Deux mois d'immobilisation et la rééducation ensuite.

Léa a considéré le cheval qui, nous ignorant, s'en allait à pas lents vers le fond du parc.

– Comment es-tu tombée ?

J'ai haussé les épaules.

– C'est lui ! Il a peur de son ombre, ce cheval !

– Les chevaux n'ont pas d'ombre, a relevé Léa.

Je suis restée sans voix. Jamais je n'avais entendu cette phrase dans une autre bouche que celle de papa.

6

Léa s'est tranquillement installée dans notre reprise. Nous étions quatre, nous sommes passés à cinq. Techniquement, elle n'était pas la meilleure, mais elle possédait une intuition discrète et une aisance naturelle que seul l'œil exercé de mon père savait déceler. Du coup, elle a trouvé facilement sa place au sein de notre groupe, d'autant qu'elle n'exigeait jamais de monter tel ou tel cheval, se contentant de celui qui restait.

Heureusement... Anaïs s'était approprié Athos. « Pour l'obstacle, il n'y a que lui ! »

disait-elle. Et c'est vrai qu'il était impressionnant lorsqu'il s'enlevait au-dessus d'un oxer[1]. Lucile choisissait Belle de Mai à chaque fois que c'était possible. Pierrick, le seul garçon qui avait réussi à s'insérer dans notre équipe, avait un faible pour l'élégante Pirouette. Léa était comme moi, je crois. Elle aimait se mesurer à des montures différentes et mon père en profitait pour nous confier tour à tour les chevaux du club.

Un mercredi après-midi, je l'ai vue arriver sur la piste, juchée sur son vélo, mais au lieu d'entrer dans la cour elle a tourné à droite et pris le chemin qui conduisait au grand parc aux chevaux, m'adressant au passage un signe de la main. Je lui ai répondu machinalement. Un groupe du centre aéré venait d'arriver et c'était à moi de m'en occuper.

1. Obstacle large constitué par deux plans verticaux.

Le chien a dû être intrigué car il a quitté la cour pour la suivre.

Je l'ai revue deux heures plus tard, après le départ du centre aéré, en ramenant les poneys dans leur enclos. Elle était assise par terre, à l'entrée du grand parc aux chevaux, et elle lisait. Le chien était allongé près d'elle, le museau sur les pattes. Au fond, dans l'ombre d'un bosquet, un cheval paissait tranquillement. C'était Sombrero.

J'ai lâché les poneys et refermé la clôture avant de revenir vers elle.

– Qu'est-ce que tu fais ? ai-je demandé.

– Je finis ce livre, a-t-elle répondu en s'étirant. Je me suis dit que je serais aussi bien là que chez moi !

– C'est sûr qu'ici, tu n'es pas dérangée. C'est pour l'école ?

– Oui. Mais j'ai presque terminé.

Elle s'est levée, a ramassé son vélo couché dans l'herbe, glissé le livre dans une sacoche. Nous sommes retournées vers la maison, elle poussant son vélo, moi chargée des licols des poneys et le chien qui suivait. Elle n'a pas eu un regard pour Sombrero qui s'éloignait au fond du parc.

– Je t'ai cherchée au collège, je ne t'ai pas trouvée, a-t-elle soudain déclaré. Tu es en quelle classe ?

J'ai secoué la tête.

– Je ne suis pas au collège. Je suis à l'école privée, à Sévigné. En quatrième.

– Ah ! Moi aussi, je suis en quatrième. C'est bête que tu sois dans le privé, on aurait pu être ensemble.

– Ben oui, mais nous, on va toutes à Sévigné. C'est ma tante qui a décidé ça.

– Ta tante ?

– C'est elle qui s'occupe de nous. Mes deux sœurs aînées restent ici avec mon père. Et encore, la plus grande est de moins en moins là. Elle a un boulot à mi-temps et elle va sûrement passer à plein temps. Et nous, les trois plus jeunes, pendant la semaine nous sommes en ville, chez notre tante. C'est plus simple pour aller au collège. Ici, il n'y a pas de car de ramassage.

– Et ta mère ?

– Elle est morte quelques années après ma naissance.

– Ah… Je ne savais pas…

– Tu ne pouvais pas savoir ! l'ai-je interrompue. On s'est organisés. Papa, il est bon avec les chevaux. Mais pour élever cinq filles… Heureusement qu'il y a ma tante !

– Donc tu es là le mercredi et le week-end ?

– Oui.

– Je comprends alors.

– Quoi ?

– Je suis venue quelquefois, le soir après le collège, pour bouquiner. Je trouvais drôle de ne voir personne.

– Mais… Tu es allée à la maison ?

– Non. Pas vraiment. Je venais plutôt ici. C'est pas gênant ?

– Non ! En même temps, si tu ne vas pas jusqu'à la maison, c'est normal que tu ne voies personne !

– C'est vrai. Elle habite où ta tante ?

– En ville, au-dessus du pont, dans un vieil immeuble. Un appartement avec un balcon. Et toi, tu habites où ?

– À côté de la Poste. À quelle heure tu sors le soir ?

– Cinq heures.

– Moi, c'est cinq heures moins le quart à cause des cars.

– Viens me chercher un jour à la sortie. En général, je suis avec Anaïs et on fait un tour en ville avant de rentrer. Je te montrerai où habite ma tante.

– D'accord.

7

C'est ainsi que nous sommes devenues amies. Léa est venue à la sortie de Sévigné une fois, puis deux, puis trois. Et nous en avons pris l'habitude. Nous en avons passé des heures à cheminer dans les rues de notre ville, nous raccompagnant mutuellement les unes les autres alors que l'obscurité descendait, que les lampadaires s'allumaient et que nos devoirs restaient en souffrance. Léa n'était pas très bavarde, mais elle n'était pas timide, comme je l'avais cru au début. D'ailleurs, avec Anaïs, difficile de rester sur sa réserve ! Dès le premier jour, elle l'avait questionnée :

– Tu viens d'où, alors ?
– De la Vienne. Mais nous n'y sommes restés que trois ans.
– Et avant ?
– Nantes.
– Ça ne t'embête pas de déménager tout le temps comme ça ?
Léa a haussé les épaules.
– Non. Ça change. Je rencontre des gens nouveaux. J'ai des amis partout.
– Et ici, ça va être pareil ? Tu vas t'en aller ?
– Pas tout de suite ! On reste au moins deux ans.
– Moi, ça ne me plairait pas, a conclu Anaïs.
– Et tes frères et sœurs, ça ne les gêne pas non plus ? ai-je enchaîné.
– Mon frère ne vit plus avec nous. Il est bien plus vieux que moi, il a terminé ses études, il est marié et il travaille.
– Et ta sœur ?
– Elle est étudiante.
– Non, ce n'est pas ça que je veux savoir ! Ça ne la gêne pas ces déménagements ?
– Je n'en sais rien.
– Ben... Vous n'en parlez pas ?
– Non.

– Vous parlez de quoi ?
– De rien.
– De rien ! s'est exclamée Anaïs. Jamais de rien ?
– Jamais. Elle ne me parle pas.
– Comprends pas, a grommelé Anaïs.
– Il n'y a rien à comprendre, a conclu Léa.

À chaque reprise du samedi, notre groupe de cinq se reformait, à l'extérieur quand le temps le permettait, à l'intérieur dans le cas contraire. Nous travaillions avec acharnement, soignant notre position, apprenant le délicat jeu de jambes et de mains qui nous permettrait d'obtenir de nos montures ce que nous désirions. Quand il faisait trop mauvais, nous tournions en voltige[1] dans le manège. Au pas, au trot, au galop, à tour de rôle nous enchaînions les figures, à terre à cheval, le

1. Exercices acrobatiques exécutés à cheval.

tourniquet, accroupi, à deux, à trois... Nous finissions par nous écrouler dans la poussière, morts de rire et de fatigue.

Mais cela ne nous suffisait pas. Anaïs, Lucile, Pierrick et Léa revenaient le dimanche et nous partions pour de grandes courses dans la campagne. Plus le froid était vif, plus les chevaux étaient excités. Ils galopaient sur place, les naseaux fumants, leurs sabots claquant sur le sol durci par le gel. À un moment, il devenait impossible de les tenir, ils s'élançaient alors, droit vers l'horizon, sous le grand ciel couleur d'hiver.

Parfois, nous allions sur les bords de l'Allier. La rivière roulait des eaux tumultueuses et débordait sur les plages de galets.

– Vivement que le niveau baisse, qu'on puisse à nouveau traverser ! lançait Pierrick.

– Vous passez vraiment ici avec les chevaux ? demandait Léa, sceptique.

– Bien sûr ! Tu verras, les premières fois, quand l'eau est encore haute, on retire le tapis et la selle pour ne pas les mouiller et on traverse à cru. Après, quand on avance dans la saison, le niveau est si bas que le cheval ne se mouille pas le ventre !

Nous revenions à la nuit, essoufflés, les joues rougies, les cheveux emmêlés par le vent.

C'est ainsi que l'hiver s'est écoulé, que les tout premiers jours du printemps sont arrivés.

Et malgré cette proximité qui était la nôtre, il m'a fallu un certain temps pour m'apercevoir que Léa enfourchait souvent sa bicyclette, même au plus fort de l'hiver, et pédalait jusqu'à la ferme. Il n'y avait que trois kilomètres, mais elle était l'une des rares à ne pas se faire accompagner en voiture. Elle évitait la maison, gagnait le parc aux chevaux et y restait un moment, emmitouflée dans son anorak, un bonnet sur la tête, une écharpe entortillée autour du cou, les doigts gantés tournant les pages d'un livre.

C'est une de mes sœurs qui m'a jeté, un jour :

– Tiens, Léa est venue hier.

– Qu'est-ce qu'elle voulait? ai-je questionné.

– Je n'en sais rien. Elle n'est pas entrée dans la cour. Il me semble qu'elle est allée du côté du parc aux chevaux.

Papa est intervenu.

– Je crois qu'elle aime bien cet endroit.

– Mais qu'est-ce qu'elle y fait?

– Rien. Elle reste un moment, elle lit, et elle repart.

Papa avait raison. C'est exactement cela que Léa faisait. Elle poussait son vélo jusqu'au parc aux chevaux, y restait un moment avec son bouquin et repartait. En général, le chien l'accompagnait.

Il m'a fallu un certain temps pour m'apercevoir qu'à chaque fois qu'elle quittait les lieux on apercevait la silhouette de Sombrero qui s'éloignait vers le fond du parc.

8

Chaque année, on a l'impression que l'hiver ne finira jamais, que les jours resteront courts, les arbres et les arbustes gris et dépouillés et que les seuls oiseaux à se manifester seront les corbeaux, noirs sur la terre glacée. Et puis un matin, on s'aperçoit qu'il n'en est rien. Soudain l'air devient plus transparent, les bourgeons enflent sur les rameaux, un chant d'oiseau éclate, le vent se fait plus doux.

Cette année-là, papa ne s'y est pas trompé. Un samedi, il a déclaré à notre petit groupe :

– Les jeunes, il va falloir mettre les bouchées doubles. La saison des concours va bientôt commencer. Nous devons choisir ceux auxquels nous voulons participer, qui ira et avec quel cheval. Réfléchissez-y. En attendant, au travail !

Le lendemain, pas question de galoper dans la nature. Mes sœurs avaient décidé d'un grand nettoyage de l'écurie et d'une remise à neuf des selles et des brides. Elles ne plaisantent pas avec ce genre de choses, aussi nous avons tous été embauchés. Et comme il restait du temps, nous avons réinstallé les obstacles dans la petite carrière, à côté de la grande.

Papa est venu jouer les inspecteurs des travaux finis et a grogné :

– Faudra me repeindre ces barres ! Elles sont tellement délavées qu'une fois sur les concours, les chevaux ne comprennent pas qu'ils ont affaire aux mêmes obstacles !

Nous avons soupiré. De beaux dimanches nous attendaient !

En fin d'après-midi, Léa s'est éclipsée. Je savais où la retrouver : près du parc aux chevaux, un livre dans les mains, le chien assis à côté d'elle.

– Tu es toujours en train de lire ! C'est pour le collège, encore ?

– Non, c'est pour moi.

Tout près, de l'autre côté de la clôture, Sombrero mordillait l'herbe rase. En entendant le son de nos voix, il a levé la tête, a regardé Léa, puis s'est détourné et s'est éloigné tranquillement. Il n'avait pas une belle allure. Son poil d'hiver tombait par plaques, ses crins étaient sales et emmêlés, la corne de ses sabots trop longue et ses flancs trop maigres.

– Il aurait besoin de se remuscler, a remarqué Léa.

– Papa va s'en débarrasser, ai-je assuré.

Elle n'a pas répondu, préférant ramener la conversation sur le chien.

– Pourquoi il n'a pas de nom ce chien ?

– Je me demandais quand tu te déciderais à poser cette question ! ai-je éclaté de rire. D'habitude, elle arrive immédiatement : « Comment il s'appelle, ce chien ? » Ben il n'a pas de nom, voilà. C'est un truc de mon père.

– Et c’est quoi le truc ?

– Papa prétend que c’est utile de donner un nom à chaque cheval parce que nous en avons plusieurs et qu’il faut les différencier. Le chien, nous n’en avons qu’un. Pas besoin de le baptiser. On dit « le chien » et tout le monde sait de qui on parle.

– Mais il peut y avoir des gens qui viennent avec leur chien ! s’est exclamée Léa.

– Justement. Les autres chiens ont un nom. Logique, non ?

– Logique.

Quand j’ai surpris à nouveau Léa vers le parc aux chevaux, un grand changement s’était opéré. Elle n’était plus à l’extérieur, mais à l’intérieur. Elle ne lisait pas. Elle ne faisait rien. Elle guettait Sombrero qui broutait à quelques pas de là, jetant de temps à autre à cette intruse un coup d’œil en coin.

Le chien était posté le long de la clôture et observait la scène.

Je suis restée saisie. Depuis l'accident, depuis ce jour où il avait été décidé que plus personne ne monterait Sombrero, depuis que nous l'avions lâché dans le parc, jamais il ne s'était laissé approcher d'aussi près.

Je ne me suis pas manifestée, j'ai reculé, rejoint la maison. Papa était à la carrière en train de réaménager la piste à grands coups de pelle. Il s'est interrompu quand il m'a vue et a lancé, avant que j'aie eu le temps d'ouvrir la bouche :

– Elle est là-bas, n'est-ce pas ?

– Qui ça ? ai-je répliqué bêtement.

– Ne sois pas idiote. Léa, bien sûr !

J'ai hoché la tête.

– Elle fait du bon boulot, a-t-il murmuré.

– Qu'est-ce que tu veux dire ?

– Rien pour le moment.

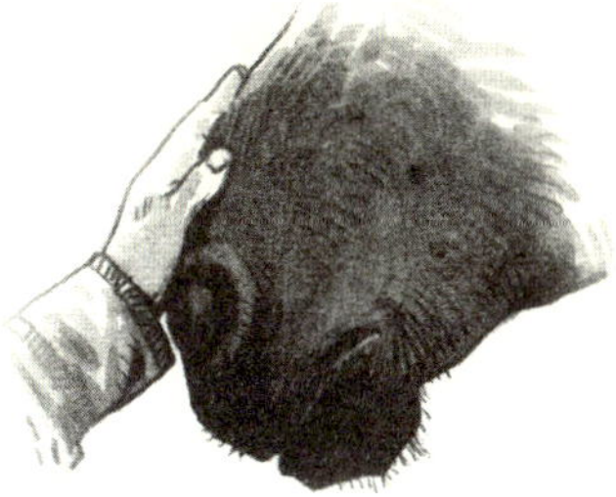

9

À présent que les jours étaient plus longs, Léa manquait souvent nos rendez-vous à la sortie de Sévigné.

Anaïs pestait.

– Mais qu'est-ce qu'elle fiche ? Elle nous snobe ou quoi ? Ou alors, elle s'est trouvé un amoureux ? Tu sais quelque chose, toi ?

Oui. J'avais deviné pour quels rendez-vous secrets Léa nous abandonnait désormais, et un soir j'ai décidé de la suivre. Dès que la sonnerie de sortie a retenti, j'ai déclaré à Anaïs :

– Je dois filer. Ma tante a besoin de moi.

J'ai couru à l'appartement, jeté mon sac sur le canapé du salon, lancé à la cantonade :

– Je fais un aller et retour à la ferme, je prends ton vélo, tatie !

Et, avant que quiconque ait eu le temps de répondre, j'ai dévalé l'escalier.

Une minute après, j'appuyais fermement sur le pédalier du vieux vélo de ma tante qui a émis un grincement aigu en signe de protestation.

Quand j'ai laissé tomber mon vélo sur l'herbe du talus, elle était déjà là, à l'intérieur du parc. Assis à l'extérieur, le chien ne la quittait pas des yeux. Elle avait posé une longe sur son épaule. Sombrero faisait semblant de ne pas la regarder, mais je savais qu'il guettait le moindre de ses mouvements.

Elle est restée longtemps sans bouger. Puis elle a fait un pas et un autre. Sombrero s'est éloigné d'autant.

Elle est restée immobile un moment et le cheval noir a paru se désintéresser de sa présence. Alors elle s'est avancée à nouveau. Et il n'a pas bougé.

J'ai retenu mon souffle.

Les naseaux de Sombrero sont venus effleurer ses pieds, comme s'il voulait justement les brins d'herbe qui se trouvaient sous ses chaussures. Puis il l'a contournée et elle a pivoté sur elle-même pour continuer à être face à lui. Enfin, il a levé la tête, contemplant l'horizon, aux aguets, l'ignorant avec superbe. Elle a reculé de deux pas pour mieux le voir. Il la dominait largement. Je me suis rappelé alors combien il était grand et la peur m'a serré le ventre. Je savais de quoi ce cheval était capable. Je l'avais vu se cabrer, battre l'air de ses antérieurs, retomber sur le sol de tout son poids. J'ai eu envie de crier pour l'avertir, je ne voulais pas qu'il la piétine.

Une main s'est posée sur mon épaule et une voix a chuchoté :

– Ne dis rien.

La pression sur mon épaule s'est accentuée.

– Viens. Laisse-les seuls.

J'ai obéi et j'ai suivi papa. Mais je n'ai pu m'empêcher de me retourner et je les ai vus qui s'en allaient, côte à côte, vers le fond du parc, la fille et le cheval.

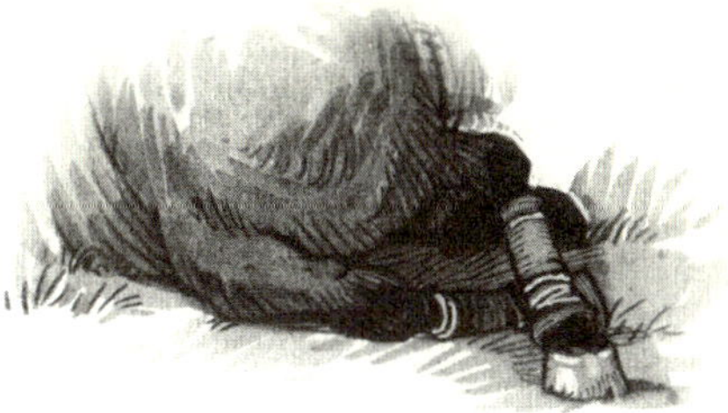

10

Plusieurs jours se sont écoulés. Parfois Léa nous attendait à la sortie de Sévigné, parfois non. Je savais alors où elle était allée. Un soir, j'ai repris le vélo et le chemin de la ferme.

Ils étaient presque au même endroit et toujours sous l'œil attentif du chien. Ils se regardaient. Léa s'est avancée très doucement pour se placer contre l'encolure de Sombrero. J'ai senti plus que je n'ai vu le frémissement qui parcourait la robe noire du cheval. Encore plus doucement, Léa a pivoté sur elle-même et s'est collée contre lui. Alors, gracieusement, il a tourné la tête vers elle, comme s'il l'enveloppait, et est venu respirer son odeur.

Les larmes me sont montées aux yeux. Je me suis souvenue de l'émotion que nous avions ressentie, papa et moi, la toute première fois que nous avions vu ce cheval. Il avait eu ce geste quand je l'avais approché et j'avais alors pressenti à quel point nous pouvions devenir complices.

Et puis, tout était parti en vrille…

Je ne distinguais plus le visage de Léa dissimulé par la longue encolure de Sombrero. J'ai aperçu son bras droit qui se glissait lentement sous son cou, sans le toucher encore, puis j'ai vu sa main effleurer la crinière, et la tête de Sombrero qui s'est redressée brusquement, les naseaux frémissants, les oreilles pointées vers l'avant, les yeux largement ouverts, et Léa qui ne bougeait pas, gardant sa main menue là où elle l'avait placée, minuscule à côté du géant.

Puis Sombrero a baissé la tête et s'est ébroué. Et tranquillement, il a quitté l'étreinte de Léa.

Elle est restée à le regarder s'éloigner jusqu'à ce qu'il disparaisse derrière un bosquet. Alors elle est venue vers nous et a repassé la clôture.

Le chien a fourré sa truffe dans sa main.

Elle m'a souri.
– Tu avais déjà fait ça avant ? ai-je murmuré.
– Jamais, a-t-elle répliqué.

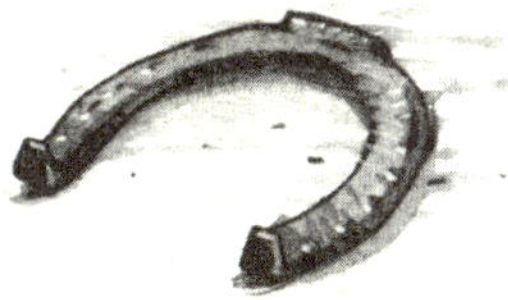

Avec l'arrivée des beaux jours, les reprises du samedi ont eu lieu de plus en plus souvent à l'extérieur. Elles se sont allongées aussi. À présent, nous terminions systématiquement par une séance d'obstacles.

Avec l'aide d'une de mes sœurs, papa montait ou descendait quelques barres pendant que nous restions concentrés sur nos montures, cherchant à canaliser leur énergie afin qu'elles soient prêtes à jaillir comme une fusée le moment venu.

Anaïs était toujours la première à commencer.

– J'y vais ! lançait-elle dès que papa nous invitait à le rejoindre.

En général, Pierrick suivait. Puis Lucile, puis Léa ou moi ou moi ou Léa.

– Léger dans les mains ! criait papa.

Ou encore :

– Il faut accompagner le cheval, pas le précéder ! Plus souple ! Plus souple ! Attention aux jambes ! Lucile, tes rênes, pas assez courtes ! Il doit pouvoir s'appuyer sur le mors, ton cheval, sinon tu le déséquilibres ! Attention, là tu le places dans le vide !

Nous recommencions, inlassablement. Papa élevait les barres. Un cran chaque fois. Finalement, il déclarait :

– C'est bon ! Allez faire un tour, ça les détendra ! Et pas de folies, hein ? Au pas seulement. Ils ont travaillé dur, ils ont le droit de flâner.

Nous approuvions sagement.

Papa savait très bien que dès que nous aurions passé le parc aux chevaux et que la plaine s'ouvrirait devant nous, nos montures piafferaient d'impatience et n'auraient qu'une envie, la même que la nôtre, s'élancer au triple galop, avaler sous leurs sabots la piste qui s'offrait à elles.

À ce jeu, Anaïs était perdante. Si Athos était incontestablement le roi de l'obstacle, il ne faisait pas le poids devant la souplesse de Pirouette ou la vigueur de Belle de Mai, qui savaient se faufiler entre les autres chevaux pour se disputer la première place.

Nous revenions plus tranquillement par un autre chemin sous le couvert des arbres, trottinant en bavardant.

Un de ces samedis du mois de mars, Anaïs a ramené la conversation sur les concours.

– Vous avez regardé les dates des prochaines épreuves dans le coin, vous ?

– Non ! a répliqué Pierrick. Mais toi, tu l'as sûrement fait !

– Eh bien oui ! Heureusement qu'il y en a une qui s'occupe des choses sérieuses dans ce groupe !

– Bon, et alors ? s'est impatientée Lucile.

– Le premier concours, celui des Trois-Vallons, a lieu fin avril.

– Fin avril ! a répété Pierrick. Nous ne serons jamais prêts !

– Personne ne t'oblige à participer, a lâché Anaïs négligemment.

– Oh ! Ça va, toi, la future championne !

– Et après les Trois-Vallons ? a interrogé Lucile pour couper court à la dispute qui s'annonçait.

– Après, c'est comme d'habitude, ça s'enchaîne : le Mont-Doré, les Eaux-Chaudes…

– Je n'ai jamais fait de concours, a dit Léa.

– C'est vrai ? a rugi Anaïs. C'est incroyable !

– Il n'y en avait pas près du club où j'étais avant. Il fallait aller loin, le club se déplaçait rarement et juste avec quelques chevaux et leurs cavaliers.

Elle a ajouté :

– Et puis moi, la compétition…

– Ça ne t'intéresse pas ? ai-je demandé.

– À quoi ça sert ?

– Ben, à voir où on en est par rapport aux autres ! s'est exclamée Anaïs. À se remettre en question ! Ça pousse à s'entraîner aussi.

– Peut-être, a concédé Léa.

– Et puis on se marre bien, a déclaré Pierrick.

– Ça, pour rigoler, on rigole ! a grogné Lucile. Départ à cinq heures du matin, des heures d'attente pour quelques minutes de parcours, le retour tard le soir, et il faut encore soigner les chevaux avant de rentrer… faire nos devoirs ! Parce que, pendant ce temps-là, personne ne s'en est occupé !

– Tu dis ça, mais tu es comme nous, tu adores ! a constaté Anaïs.

– C'est vrai, a admis Lucile.

– Qui c'est celui-là ? a soudain questionné Pierrick.

À cet endroit, le chemin longeait l'arrière du grand parc aux chevaux et, de l'autre côté de la clôture, un cheval trottinait, la tête haute, la queue relevée, les naseaux au vent.

J'ai eu un temps d'hésitation avant de répondre :

– C'est Sombrero.

– Vous l'avez toujours ? Je croyais que ton père voulait s'en débarrasser après ton accident.

Je n'ai pas répondu.

– En tout cas, il est superbe ! a enchaîné Lucile. Regardez, il a passé l'hiver au pré et il a conservé son allure. Quel dommage que…

Elle n'a pas terminé sa phrase. Nous savions tous que Sombrero avait changé le jour où il était tombé à cause d'un trou dissimulé sous les feuillages, entraînant son cavalier dans sa chute. Il était devenu un cheval méfiant, de plus en plus hargneux, que les cavaliers avaient appris à craindre. J'étais la seule à pouvoir le monter. Et il y avait eu l'accident : le pont trop étroit, la voiture qui avait foncé sur nous en klaxonnant, Sombrero dressé sur ses postérieurs, hennissant de terreur, la rambarde, très près, trop près…

Après, même mon père n'avait pas réussi à le toucher. Il l'avait lâché dans le parc en déclarant :

– Il faut qu'il se retrouve.

Et le temps s'était écoulé, et Sombrero s'était perdu, plus loin encore.

Léa est restée muette. Elle guettait Sombrero du coin de l'œil et j'ai eu le sentiment que, de son côté, Sombrero en faisait autant. Mais ce dont j'ai été aussitôt certaine, c'est qu'il était sorti des coins isolés du parc où il aimait se retirer pour une raison unique : Léa.

11

C'était devenu une habitude. Si Léa ne nous attendait pas, Anaïs et moi, à la sortie de Sévigné, c'est qu'elle avait filé à la ferme. J'en faisais autant, pédalant rageusement sur la vieille bicyclette de ma tante. Mes sœurs se moquaient de moi. Je n'avais jamais montré la moindre passion pour le vélo ! Et ma tante s'interrogeait :

– Qu'est-ce qu'elle a cette petite à toujours filer chez son père ? Ça ne lui plaît plus ici ? Il serait préférable qu'elle s'occupe de ses devoirs…

Je n'entendais rien. Je n'avais qu'une envie : voir jusqu'où Léa irait.

Ces fins d'après-midi étaient magiques. Quand j'arrivais, elle était déjà là. Je couchais mon vélo à côté du sien avec le sentiment que le temps s'arrêtait. Le silence était parfait, l'air transparent, nous étions comme isolés du reste du monde, Léa, Sombrero et moi. À chaque fois, je me disais : « Je voudrais que cet instant dure toujours. » Ou encore : « Cette image-là, il ne faudra jamais l'oublier. Regarde bien, fixe-la dans ta mémoire... »

Cette image-là, c'était Sombrero posant son nez sur l'épaule de Léa immobile. C'était Léa glissant sur son encolure, comme par mégarde, la longe qu'elle apportait avec elle. C'était la main de Léa effleurant son dos, s'aventurant sur sa croupe, revenant sur l'encolure, se risquant sur le chanfrein, descendant jusqu'aux naseaux.

C'est ainsi que, peu à peu, l'animal sauvage que Sombrero était devenu s'est laissé réapprivoiser.

Un jour, Léa a noué la longe autour de son encolure.

Un jour, elle a promené sa main sur le ventre de Sombrero et il a juste frémi.

Un jour, elle a caressé ses oreilles, ses naseaux, traçant du bout des doigts l'itinéraire que suivait la bride qu'il avait autrefois portée.

Un jour, les mains de Léa ont descendu le long des jambes de Sombrero, pris un pied pour le soulever et examiner les sabots.

Un jour, Léa était là et elle portait son casque sur la tête. Sombrero l'a regardée avec défiance, comme s'il ne la reconnaissait pas. Elle chuchotait. Quels mots mystérieux murmurait-elle pour lui ? Il a retrouvé son calme, s'est laissé approcher, toucher. Elle a ôté son casque, le lui a fait renifler, l'a remis sur sa tête, l'a ôté à nouveau, est passée de l'autre côté du cheval, a remis son casque. Sombrero a fini par comprendre. C'était la même Léa, avec ou sans casque.

Un jour, je me suis aperçue que je n'étais pas seule à observer la fille et le cheval. Papa était là, debout, un peu plus loin, son chapeau en velours posé sur sa tête, ses mains dans les poches. Très droit, très concentré, lui aussi regardait Léa et Sombrero.

Ce jour-là n'a pas été comme les autres.

Lors des séances de voltige, Léa s'était entraînée à s'enlever du sol pour monter sur le dos d'un cheval sans aucune aide. Elle avait commencé par Brunelle, la plus petite. Elle avait continué avec Pirouette, puis avec Belle de Mai. Elle s'était attaquée à Athos. La grande Anaïs n'avait jamais pu se hisser de cette façon sur son cheval favori. Léa s'était obstinée, s'entraînant encore, et elle avait fini par réussir, avec difficulté, s'agrippant à la crinière pour parvenir à ses fins. Puis elle avait pris de l'aisance, sautant chaque fois un peu plus haut.

Sombrero n'était pas aussi grand qu'Athos, mais il dépassait largement Belle de Mai.

Léa a noué la longe autour de son encolure, gardant l'extrémité dans sa main gauche. De la même main, elle a saisi la crinière et elle a balancé sa jambe droite à plusieurs reprises, de plus en plus haut. Sombrero a tourné la tête vers elle, sans broncher. Il avait compris ce qu'elle allait faire.

Papa n'a pas bougé.

Moi non plus.

Nous étions suspendus à cet instant de grâce.

Nous étions seuls au monde.

Léa s'est enlevée d'un coup, avec naturel, un saut tout en souplesse, la seconde d'après elle était sur le dos de Sombrero, légère comme une plume.

Sombrero a à peine tressailli. Il regardait droit devant lui, très loin, sans doute voyait-il des choses qui pour nous restent invisibles. Léa était immobile, l'extrémité de la longe dans ses mains. Elle n'avait rien pour conduire ce grand cheval si ce n'est ses jambes, le poids de son corps et sa force de persuasion. Elle n'a pas essayé de le diriger. C'est lui qui s'est mis en mouvement. Il nous a tourné le dos et s'est éloigné paisiblement vers le fond du parc, de son long pas ample et doux.

Et nous les avons vus se fondre dans l'ombre des arbres, la fille et le cheval.

12

C'est la grande Anaïs qui en a parlé la première. Nous étions en train de préparer les chevaux pour notre reprise du samedi quand elle a lancé à Léa :

– Il paraît que tu vas reprendre Sombrero ?

Léa m'a jeté un coup d'œil rapide.

– Comment tu sais ça ? ai-je aussitôt questionné.

– C'est ta sœur numéro un qui me l'a dit. Tu n'es pas au courant ?

J'ai eu un pincement au cœur. Ainsi, ils savaient tous pour Léa et Sombrero. Moi qui nous avais crus à l'abri dans une bulle étanche avec juste la présence silencieuse de papa, je découvrais qu'il n'en était rien, qu'il allait falloir partager ce secret.

– Alors, c'est vrai ou pas ? a repris Anaïs.

– Je ne sais pas, a répliqué Léa.

Mon père qui passait par là est intervenu :

– Ce n'est pas le moment de parler de ça ! Dépêchez-vous un peu au lieu de bavasser ! Vous êtes encore en retard !

– Pas de bonne humeur, ton père, aujourd'hui, a constaté Pierrick dans le dos de papa.

Je n'ai rien répondu. La phrase d'Anaïs tournait dans ma tête : « Il paraît que tu vas reprendre Sombrero ? » Je ne pouvais pas oublier que Sombrero était mon cheval, que c'était pour moi que papa l'avait acheté, pour les concours, et que même si les choses avaient mal tourné, même si je ne voulais plus en entendre parler, même si j'aurais jugé normal que l'on s'en débarrasse, j'étais bien obligée de reconnaître que je trouvais carrément désagréable qu'une autre se l'approprie.

J'ai ruminé ma mauvaise humeur durant toute la reprise. Le long galop qui a suivi dans la plaine n'a pas réussi à la dissiper.

Quand, une fois les chevaux dessellés, brossés, installés dans leurs box, Léa m'a demandé :

– Tu pourrais m'aider si tu as un moment ?

J'ai répondu sèchement :

– À quoi ?

– Seule, je n'y arriverai pas, a-t-elle simplement déclaré.

Ma colère est tombée d'un coup.

Léa a rassemblé une étrille, un bouchon, un peigne, un cure-pied. Elle a pris un licol, une longe, un morceau de ficelle. Je l'ai suivie vers le grand parc.

C'était comme si Sombrero l'avait attendue. Il rôdait près de la clôture, arrachant de temps à autre une touffe d'herbe d'un coup de dents pour se donner contenance, jetant des regards impatients vers le chemin.

Léa s'est glissée sous la clôture et a posé son matériel sur le sol. Munie du licol et de la longe, elle s'est approchée de Sombrero.

– Il va accepter le licol, tu crois ? ai-je interrogé, sceptique.

– Il l'acceptait autrefois, non ?

– Il y a longtemps, ai-je remarqué.

– Il n'a pas oublié. Noue la ficelle à l'anneau du poteau.

J'ai obtempéré.

Léa avait raison. Sombrero n'a pas bronché quand elle a passé le licol sur sa tête et il l'a suivie docilement dès qu'elle l'a sollicité. Elle a noué la longe à la ficelle. C'est une bonne façon de procéder. Si le cheval prend peur et tire au renard[1], la ficelle casse aussitôt et il est libre. Il n'a pas le temps de s'affoler.

Sombrero n'avait pas l'air d'avoir peur ni de s'affoler.

Léa m'a tendu l'étrille.

– Tu m'aides ?

De son côté, elle a commencé à brosser les poils de la crinière et a entrepris de les démêler. J'ai hésité quelques instants. C'était la première fois que je l'approchais d'aussi près depuis l'accident. Puis je me suis décidée, timidement d'abord, avec des gestes de plus en plus assurés ensuite.

1. Tirer sur la bride en parlant du cheval.

Mon étrille emportait les derniers poils d'hiver, les croûtes de terre, révélant peu à peu le beau pelage noir et luisant. Léa bataillait avec la crinière, mais elle a fini par en venir à bout et elle s'est attaquée à la queue. J'ai troqué l'étrille contre le bouchon, brossant longuement l'encolure, le dos, les flancs. Pour le ventre, j'ai utilisé une brosse plus douce.

Sombrero ne bronchait pas. Il était attentif à nos gestes mais parfaitement tranquille.

– Ton père ne veut pas que je le monte dans le parc, a soudain déclaré Léa.

– Il a raison, ai-je aussitôt répliqué. On ne monte pas dans le parc, il nous l'a toujours répété.

– Il dit qu'il faut essayer dans la carrière. Si tu es d'accord…

J'ai marqué un temps d'hésitation. Que devais-je répondre à cela ? Que même si j'avais peur de Sombrero, il demeurait mon cheval ? Aucune de mes sœurs n'aurait osé l'approcher sans mon autorisation. Nous avions chacune notre cheval et il était exclu qu'une autre que sa propriétaire prenne l'initiative de s'en occuper.

Mais Léa n'était pas ma sœur…

– Oui, ai-je fini par bougonner. Tu peux essayer.

J'ai attendu un moment avant de demander :

– Pourquoi tu fais ça ?

– Je n'en sais rien. Il était seul. C'est curieux un cheval qui ne se mêle pas aux autres, tu ne trouves pas ? Ça a commencé bizarrement. Au début, je cherchais juste un coin tranquille pour lire. Et puis un jour, je me suis aperçue qu'il était là à chaque fois que je venais. Et voilà…

Et voilà… Ce n'était pas plus compliqué !

– Pour les concours, tu as décidé quelque chose ? ai-je questionné pour changer de conversation.

– Ben, pour le premier, celui des Trois-Vallons, seuls Anaïs, Pierrick et Lucile participent, non ? C'est bien ce que ton père a dit l'autre jour ?

– Exact ! Mais tu viendras avec nous, comme ça tu verras comment ça se passe ! Pour le suivant en revanche, au Mont-Doré, nous sommes tous concernés.

– Je verrai…

– Tu n'as pas l'air partante.

– Si. Finalement, je crois que j'aimerais essayer. Et puis, je ne vais pas vous laisser y aller sans moi ! Le problème, c'est mes parents.

– Qu'est-ce qu'ils ont tes parents ?

– Ça leur fait peur les concours. Ils pensent que c'est dangereux.

– Et que tu montes à cru un cheval à moitié fou, ça ne leur fait pas peur ? ai-je explosé.

– Ils ne le savent pas, a dit Léa tranquillement. De toute façon, les chevaux, ils n'y connaissent rien. Samedi prochain, ils viendront voir la reprise.

– Et ta sœur, elle viendra aussi ?

– Ça ne risque pas ! Ma sœur, elle n'a même pas remarqué que j'existe !

Léa a reculé et a contemplé notre œuvre.

– Voilà ! Il est propre, hein ?

J'ai reculé de quelques pas à mon tour. Sombrero était superbe. Le poil neuf, brillant, la crinière et la queue soyeuses, il nous regardait d'un air interrogateur.

– Il faudra que mon père taille la corne de ses sabots, ai-je remarqué.

– Et il est un peu maigre, a constaté Léa.

– Il n'a plus de muscles, c'est pour ça.

– Allez, on le libère ?

J'ai approuvé. Léa a défait la longe, entraîné Sombrero un peu plus loin, ôté le licol et est revenue vers moi. Sombrero s'est ébroué longuement, a tourné deux trois fois sur lui-même.

– Non... Il ne va pas... a murmuré Léa.

Si. Sombrero a plié ses jambes, s'est affaissé sur le sol, a roulé ses flancs avec délice dans la terre, lancé ses membres en l'air de façon à basculer sur le dos, recommencé, encore et encore, pour finalement se relever et s'ébrouer à nouveau joyeusement, dégageant un nuage de poussière.

Nous nous sommes regardées. Il ne restait rien de l'élégant cheval que nous venions de relâcher. Nous avons éclaté de rire.

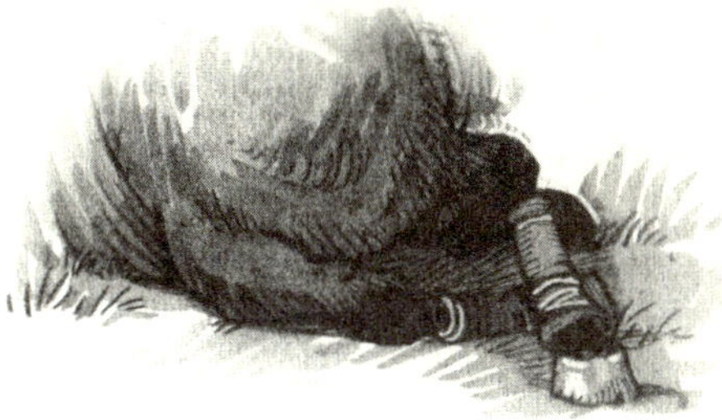

13

Papa n'est pas très bon en relations publiques, mais il sait parler des chevaux. Alors que nous tournions dans la carrière, je le voyais qui discutait avec les parents de Léa, s'interrompant parfois pour nous crier un ordre. Quand nous sommes passés à l'obstacle, il les a abandonnés pour se consacrer entièrement à nous.

Nous avons enchaîné les sauts, concentrés sur nos montures et sur ce qui nous était demandé, et je les avais complètement oubliés quand, à la fin de la séance, Léa a poussé Falabella vers eux.

Elle leur a lancé :

– Alors ? Vous trouvez que je me débrouille comment ?

– Très bien ! a déclaré son père avec un grand sourire. En tout cas, c'est ce que dit ton moniteur !

– Tu as drôlement progressé, non ? a ajouté sa mère.

– Je trouve aussi ! a souri Léa. C'est pour ça, les concours…

– Ce serait vraiment dommage que tu n'y participes pas ! l'a coupée son père.

Papa s'est approché et a expliqué :

– Je vais vous donner quelques papiers à remplir. Des autorisations et les formulaires d'inscription.

– Léa ! Tu viens te balader avec nous ? a appelé Anaïs.

– J'arrive !

Elle a ajouté à l'adresse de ses parents :

– Après la reprise, on va toujours détendre les chevaux dans la plaine.

Mon père a grommelé :

– Détendre… Détendre… Qu'est-ce qu'il ne faut pas entendre !

Nous sommes partis sagement l'un derrière l'autre tandis que Léa lançait :

– À tout à l'heure !

– Ils ont l'air sympa, tes parents, a remarqué Pierrick.

– Oh oui ! Ils ont juste été surpris que j'aie envie de participer aux compétitions. C'est pas trop mon truc d'habitude.

– Compétition, compétition... a relevé Lucile. Ça reste très local quand même ! Faut pas exagérer !

– Local ! s'est insurgée Anaïs. Peut-être ! Mais c'est un début ! Moi, cette année, j'ai l'intention d'aller au moins jusqu'aux régionales !

– Si tu y arrives ! s'est moqué Pierrick.

– Tu paries ?

– Bon, ça suffit vous deux, est intervenue Lucile. On est assez loin, personne ne peut plus nous voir. On y va ?

Nous nous sommes concertés du regard. Les chevaux piaffaient d'impatience.

– On y va ! a crié Pierrick en lâchant Pirouette sans plus attendre.

– Tricheur ! a ragé Anaïs en talonnant Athos.

J'ai souri. Avec Athos, Anaïs n'avait aucune chance. En revanche, avec Belle de Mai, je n'aurais pas de difficulté à prendre la tête ! Et c'est ce qui s'est passé.

14

Contrairement à ce que je craignais, Sombrero a accepté le filet sans difficulté. Un filet simple, avec un mors brisé.

– Il a une bouche délicate, a rappelé papa. Pour lui, le mors est juste un point d'appui. Il faut garder la main légère, rester en contact, sans plus.

Léa a approuvé.

Pour cette première séance, elle avait décidé de monter sans selle. Ils étaient tous les trois au centre de la carrière, papa, Sombrero et elle. Moi, je les regardais, accoudée à la barrière. Sombrero avait l'air inquiet, ses oreilles pivotant sans cesse, sa tête un peu trop haute.

Papa a commencé à lui parler, sans que je puisse entendre ses paroles. À un moment, il a fait signe à Léa. Elle a attrapé sa crinière, s'est enlevée. Voilà. Elle y était. Elle a ajusté les rênes, placé ses jambes, donné une simple pression des mollets, écarté la main gauche. Sombrero a hésité une seconde puis il a obéi, gagné la piste. Léa l'a dirigé d'une main attentive, a effectué quelques figures, obéissant aux injonctions de mon père qui lui conseillait d'utiliser ses jambes et le poids de son corps.

Quand elle a été certaine de l'avoir bien en main, elle l'a lancé au trot – un petit trot, très doux – et a repris le manège des figures : volte, demi-volte, demi-volte renversée. Arrêt. Départ.

Elle a changé de main, recommencé.

Sombrero était à son écoute, les oreilles pointées en avant, l'encolure arrondie, la queue relevée, les membres légers, l'œil vif. Je retenais mon souffle. Il était transformé.

– Ça suffit pour aujourd'hui ! a annoncé papa.

Léa est venue vers lui et a déclaré :

– J'aimerais aller me promener un peu.

– Pas encore, a rétorqué papa. C'est trop tôt. Et pas seule. D'ailleurs, il faudrait qu'il s'habitue à la présence d'un autre cheval dans la carrière. La prochaine fois, vous monterez toutes les deux ensemble. Avec Falabella qui ne perd jamais son calme. Jeudi soir, ça ira ?

Léa et moi avons hoché la tête avec un bel ensemble.

Ce printemps-là, je ne sais pas où nous avons trouvé le temps, Léa et moi, de faire nos devoirs. Dès la sortie des cours, nous nous retrouvions en bas de chez ma tante et c'est de concert que nous filions vers la ferme. Papa avait préparé Sombrero, et l'une de mes sœurs Falabella.

Sombrero se réhabituait à la selle et au travail. Après tout, il avait été un cheval très bien dressé et nous nous demandions comment il avait pu devenir cet animal apeuré. Il n'avait pas l'air décidé, cependant, à tolérer un autre cavalier que Léa.

Quand quelqu'un l'approchait, il couchait ses oreilles vers l'arrière, soulevait sa lèvre supérieure sur ses dents. Le message était clair, nul ne s'y serait risqué.

Nous avons commencé à sortir en balade. Cela plaisait beaucoup au chien qui nous tournait autour jusqu'à ce que nous soyons sur le départ et nous emboîtait le pas pour ne plus nous lâcher. Les premières fois, papa nous a accompagnées.

– Restons dans les bois, a-t-il dit. Il n'est pas encore prêt pour les grands espaces. Et n'allons pas vers le pont où l'accident a eu lieu.

– Mais que s'est-il passé exactement ? a interrogé Léa. De quoi a-t-il eu peur ?

J'ai failli répondre : « De son ombre. » Je me suis retenue. Je savais ce qu'ils m'auraient rétorqué en chœur : « Les chevaux n'ont pas d'ombre ! » Et j'avais le sentiment d'être la seule de nous trois à ignorer le sens de cette phrase.

Très vite, papa nous a autorisées à partir seules, à condition que nous restions à couvert dans la forêt et à proximité de la maison.

Les bois s'étendaient jusqu'aux berges de l'Allier. Un sentier descendait jusqu'à la plage de galets.

– Montons à cru, a proposé Léa un dimanche matin. Nous les ferons marcher dans l'eau sans risquer de mouiller les selles. Ça aidera Sombrero à remuscler ses jambes.

– Il aura peut-être peur, ai-je observé.

– On verra bien, a répliqué Léa.

Les rives de la rivière étaient désertes et le grondement de l'eau emplissait le silence. De l'autre côté, un champ s'élevait en pente douce vers le ciel. Je l'ai montré à Léa.

– Quand l'eau est assez basse et qu'on peut traverser, les chevaux sont comme fous quand on arrive là-bas. Ils n'ont qu'une idée : grimper ça au galop.

Pour l'instant, il n'était pas question de traverser la rivière. Falabella et Sombrero posaient des pas précautionneux sur les galets, approchant petit à petit de l'eau mugissante. Ils se sont arrêtés ensemble, au bord du courant.

Un fort parfum humide frappait nos narines. Sombrero a levé la tête et poussé un long hennissement déchirant. J'ai sursauté et Falabella l'a regardé d'un air surpris. Léa a résolument pressé les flancs du cheval en déclarant :

– Allez, mon vieux, on y va !

Sombrero a hésité, balancé son encolure de droite à gauche, cherché une échappatoire.

– Non, non ! a décidé Léa. Tout droit !

Le chien a jailli des taillis dans lesquels il rôdait et bondi dans le courant, aspergeant les naseaux de Sombrero qui a levé la tête, dégoûté.

– Tu vois ! a ri Léa. Le chien est courageux, lui ! Et regarde comme il s'amuse !

Sombrero a observé le chien d'un air perplexe ; avec hésitation, il a posé un antérieur dans l'eau, puis l'autre, a henni à nouveau.

– C'est bien ! a murmuré Léa en lui flattant l'encolure. Tu es un bon cheval. Continue !

Il s'est engagé plus avant. Léa l'a orienté de façon à ce qu'il marche parallèlement au rivage. Il a obéi, à l'aise tout à coup, puis s'est arrêté et a commencé à frapper l'eau de son antérieur gauche.

– Attention ! Il va se rouler ! ai-je crié.

Léa a éclaté de rire en rejetant la tête en arrière. Elle était auréolée de mille gouttelettes qui scintillaient dans le soleil. J'ai talonné Falabella pour la rejoindre, l'obligeant à prendre le trot. En l'entendant, Sombrero en a fait autant, et nos deux chevaux ont ainsi trotté lourdement dans l'eau, jusqu'au bout de la plage où Sombrero s'est arrêté net en poussant un hennissement joyeux.

Nous étions trempées, mais cela n'avait pas d'importance. Les chevaux étaient pleins d'une vie nouvelle, aussi neuve que l'eau qui descendait des montagnes, aussi impatiente que les flots qui fuyaient vers l'aval, aussi lumineuse que le soleil qui nous éclairait, Sombrero, Léa, Falabella et moi.

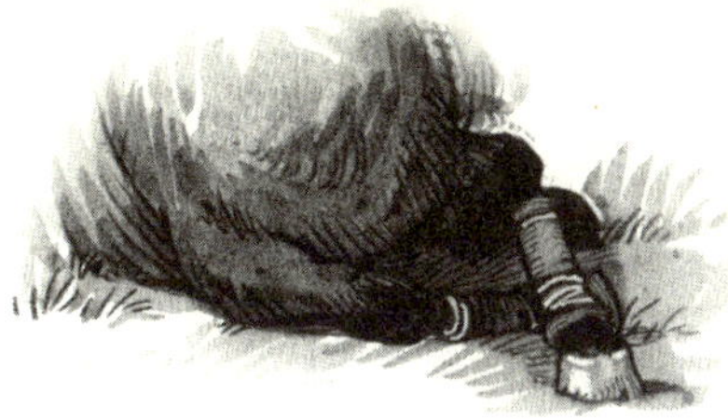

15

Les concours ont commencé. Aux Trois-Vallons, Anaïs a tenu ses promesses. Elle est arrivée première avec Athos. Pierrick a terminé troisième. Lucile ne s'est pas classée.

Nous avons repris l'entraînement avec acharnement. J'avais une longueur d'avance sur les autres car je montais aussi avec mes sœurs, qui se préparaient à concourir dans leurs catégories respectives, et avec Léa, lors de nos séances avec Sombrero.

Le concours du Mont-Doré est arrivé. Nous avions rendez-vous à six heures trente du matin devant la mairie.

Avec mes sœurs, nous nous sommes levées à cinq heures pour nourrir les chevaux et les embarquer dans le camion. Puis mon père s'est installé au volant, deux de mes sœurs l'ont accompagné dans la cabine, tandis qu'avec ma sœur numéro deux nous sommes allées chercher Anaïs, Pierrick, Lucile et Léa en minibus.

Malgré l'heure matinale, nous étions très excités. Aux Trois-Vallons, seuls Anaïs, Pierrick et Lucile s'étaient présentés au concours. Cette fois-ci, nous étions inscrits tous les cinq. Anaïs sur Athos, Pierrick sur Pirouette, Lucile sur Liseron, moi sur Belle de Mai et Léa sur Falabella. Cette dernière n'était pas une reine de l'obstacle, mais pour son premier concours, papa avait préféré confier à Léa cette jument dont elle appréciait la douceur tranquille.

Quand nous sommes arrivés, papa et mes sœurs avaient déjà sorti les chevaux et nous avons commencé à les brosser et à les préparer.

Les épreuves éliminatoires avaient lieu le matin et nous étions très nombreux à concourir. Notre finale se déroulerait à quatorze heures trente et celle des cavaliers plus âgés, à laquelle participaient deux de mes sœurs, à seize heures.

Léa a pris un soin particulier à s'occuper de Falabella. Elle l'a longuement étrillée, puis brossée. Elle a peigné les poils de sa crinière et de sa queue jusqu'à ce qu'ils soient aussi soyeux que possible.

Elle a passé un bon moment à la flatter, à lui parler doucement, si bien qu'Anaïs a fini par lui lancer :

– Qu'est-ce que tu lui racontes à ta jument ? Le dernier livre que tu as lu ?

Car tous connaissaient la passion de Léa pour la lecture.

– Ils vont venir, vos parents ? ai-je demandé.

– Les miens, oui ! a claironné Anaïs. Mais seulement cet après-midi, pour assister à ma victoire !

Pierrick a haussé les épaules.

– Ta victoire ! Laisse-moi rire ! Ce n'est pas les Trois-Vallons ici. Il y a des concurrents redoutables !

– Redoutables pour toi ! s'est moquée Anaïs.

– Et toi, Lucile, ils viennent tes parents ?

– Non. Pas cette fois-ci.

– Et toi, Léa ?

– Oui, ils ont dit qu'ils viendraient cet après-midi.

– Avec ta sœur ? a questionné Anaïs. D'après ce que tu dis, elle a l'air bizarre ! Je voudrais bien voir sa tête !

– Elle n'est pas là ce week-end, a répliqué Léa. De toute façon, elle ne serait pas venue.

– Tu ne t'entends pas avec elle ? a interrogé Lucile.

– Ce n'est même pas ça. Elle m'ignore, c'est tout.

– Mais enfin, c'est ta sœur !

– Il paraît.

– Comment ! Tu n'en es pas sûre ?

– Oh si. C'est ça le pire.

– Elle est beaucoup plus vieille que toi ?

– Six ans et demi.

J'ai calculé et constaté :

– Comme moi avec ma sœur numéro deux. Enfin presque…

– Toi, avec tes sœurs, ce n'est pas pareil, a jeté Léa sur un ton définitif.

– Bon, c'est fini ce bavardage ? est intervenu mon père. Ils sont prêts ces chevaux ?

– Oui, oui ! a chantonné Anaïs en installant la selle d'Athos sur son dos.

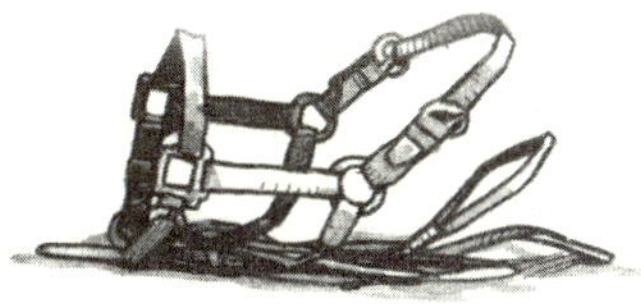

Nous avons échauffé nos montures, puis nous avons été invités à reconnaître le parcours. Léa ne me quittait pas d'une semelle. Au troisième obstacle, elle a commencé à se lamenter.

– Je ne me souviendrai jamais dans quel ordre il faut les franchir !

– Mais si ! C'est pas compliqué ! Et tu n'as pas intérêt à te tromper, l'erreur de parcours est éliminatoire !

– Aïe, aïe, aïe...

– Regarde : la haie, puis le droit. Ensuite, le spa, prends le virage bien large pour l'aborder de face. Allez, répète.

– La haie, le droit, le spa, a murmuré Léa.

– Ça rentre ?

– Oui, je crois. Continue.

Au bout du parcours, nous nous sommes retournées pour avoir une vue d'ensemble et j'ai rassuré Léa :

– Il y a peu de chances que nous passions les premières, ça te laisse le temps d'observer les autres. Tu verras, tu le connaîtras vite par cœur.

– En selle, les filles ! a appelé mon père.

J'ai tiré Léa par la main.

– Viens !

Non seulement nous ne sommes pas passées les premières, mais Léa a carrément tiré le dernier numéro ! Elle en avait tellement assez d'attendre qu'elle s'est installée dans un coin avec un bouquin, Falabella sagement attachée à ses côtés. C'est Pierrick qui est allé la chercher.

– Léa ! Dépêche-toi ! Encore un concurrent et c'est à toi !

Elle a sauté sur ses pieds.

– J'y vais !

Elle a fixé son casque sur sa tête, ressanglé Falabella, s'est mise en selle et a rejoint le paddock. Le candidat précédent débutait son parcours et elle l'a observé avec attention. Puis son nom a été annoncé et elle s'est présentée devant le jury avant de gagner la ligne de départ.

J'ai tout de suite vu qu'elle ne procédait pas comme nous. Elle a commencé par une volte avant la ligne, ce qui était autorisé, rassemblant Falabella sous sa main, puis elle s'est dirigée vers le premier obstacle au petit galop et l'a franchi avec une aisance stupéfiante. Le droit[1], un grand virage pour aborder le spa[2]. Nous nous rendions tous compte à quel point elle était à l'aise et combien la jument lui accordait sa confiance, s'enlevant au-dessus de l'obstacle exactement au moment où il le fallait.

1. Obstacle vertical.
2. Obstacle large constitué par trois plans verticaux de hauteur croissante.

– Je n'avais jamais remarqué qu'elle montait aussi bien, a murmuré Pierrick.

Personne ne lui a répondu.

Papa ne quittait pas Léa des yeux.

Il l'accompagnait, approuvant mentalement ses prises de décision. Quand elle a franchi la ligne d'arrivée, il a eu un hochement de tête approbateur tandis que nous applaudissions à tout rompre.

– Elle s'en est vraiment bien sortie ! s'est exclamée Anaïs.

– Cela faisait longtemps que Falabella n'avait pas effectué un aussi joli parcours, a commenté l'une de mes sœurs.

En mettant pied à terre, pourtant, Léa avait un visage inquiet.

Elle a questionné :

– C'était bien ?

Lucile lui a adressé un grand sourire et a assuré :

– Génial !

Nous avons attendu les résultats des éliminatoires avec impatience et ils n'ont pas tardé à tomber. Seul Pierrick n'était pas sélectionné à cause d'une barre qui avait chuté.

Le reste de la journée a filé à toute allure. Léa a abordé la finale avec la sérénité et la détermination qu'elle avait montrées lors des éliminatoires. Elle s'est classée septième, ce qui était une performance pour un cheval comme Falabella. Anaïs est arrivée deuxième – ce qui l'a fait pester ! – moi quatrième, et Lucile a été éliminée... pour erreur de parcours !

Mes sœurs ont pris le relais avec leurs propres chevaux et nous nous sommes dépêchées de desseller et de brosser nos montures afin de ne rien manquer du spectacle.

En fin d'après-midi, alors que nous faisions le point, mon père a déclaré :

– C'était une belle journée. Léa, tu t'en es très bien tirée. La prochaine fois, tu prendras Athos.

– Mais !... s'est exclamée Anaïs.

– Il n'y a pas de « mais », a tranché mon père. Je veux savoir ce que Léa donne sur un grand cheval. Un cheval de concours. Tu le récupéreras après, pour le concours suivant.

C'est à cet instant que j'ai commencé à comprendre que mon père avait une idée derrière la tête.

16

Durant les jours qui ont précédé le concours des Eaux-Chaudes, Anaïs a boudé. Ce n'est qu'au dernier moment, quand ma sœur chargée des inscriptions, excédée, a craché : « Anaïs ! Tu te décides, oui ou non ? Je t'inscris ou pas ? » qu'elle a lâché, du bout des lèvres :

– Oui.

– Bon ! a conclu ma sœur. Tu prendras Mauve.

Anaïs a tourné le dos sans répliquer.

Le jour du concours, elle était là, les yeux rivés sur Léa abordant le parcours, montée sur Athos. Nous étions tous là : Lucile, Pierrick, papa, trois de mes sœurs et moi.

Juste avant l'épreuve, je m'étais aperçue à quel point Léa était nerveuse. Elle avait échauffé Athos, puis l'avait promené. Enfin, en attendant son tour, elle s'était installée dans un coin, avait sorti un roman de sa poche et s'était mise à lire.

Ma troisième sœur l'avait tirée de sa lecture.

– Léa, on y va !

Elle avait levé les yeux, lui avait jeté un regard distrait puis affolé en se souvenant de l'endroit où elle se trouvait, et m'avait tendu le livre.

– Tiens ! Garde-le pour moi, s'il te plaît.

Papa avait tenu les rênes, ma sœur avait aidé Léa à monter et elle s'était dirigée vers l'entrée du parcours. Seule.

À présent, elle ne montrait plus aucune trace de nervosité. Athos était parfaitement placé et elle l'a mené devant le premier obstacle qu'il a franchi avec aisance avant d'enchaîner, sans une faute, les obstacles suivants. Nous avons suivi le parcours en retenant notre souffle et éclaté en applaudissements enthousiastes quand elle a terminé.

Nous avons attendu les résultats avec impatience.

Léa s'est classée première.

– Pffffff! a fait Anaïs. Moi aussi, je serais arrivée première si j'avais eu Athos! En ce qui le concerne, il n'y avait pas de réelle concurrence!

Sur le chemin du retour, un drôle de sourire flottait sur les lèvres de papa. Il l'avait toujours en débarquant les chevaux dans la cour de la ferme. Il a lu mon interrogation dans mon regard et il a déclaré :

– Je vais inscrire Léa et Sombrero au concours du Broc, à l'épreuve double.

Je n'ai rien trouvé à répondre. Papa n'avait jamais voulu que nous participions à ce concours. Il donnait accès aux nationaux et, pour la compétition, papa ne voulait pas dépasser le cadre de la région. Quant à l'épreuve double, c'était l'épreuve reine : un grand cross en pleine nature suivi d'un concours de saut d'obstacles classique.

17

– Quoi ! s'est exclamée Anaïs. L'épreuve double du Broc ! J'ai toujours rêvé d'y participer, moi !

– Sûrement pas avec Athos ! a commenté l'une de mes sœurs. Pour le cross, il n'est pas bon. Aucun de nos chevaux n'est prêt pour cette épreuve de toute façon.

Ma sœur avait raison. Aucun de nos chevaux, et Sombrero non plus.

Mais quand mon père a une idée en tête, il n'abandonne pas.

Il a élaboré un programme d'entraînement pour notre groupe et pour Léa et Sombrero, ménageant des plages de temps où elle était seule à cheval et des moments où nous étions là afin d'habituer Sombrero à évoluer au milieu des autres.

Au fur et à mesure que les jours s'écoulaient, je reconnaissais le superbe cheval qui nous avait séduits, mon père et moi, lorsque nous l'avions vu pour la première fois. Comment avait-il pu devenir cet animal difficile et ombrageux dont les cavaliers avaient peur ? Je me le demandais à présent, et en même temps, lorsque je me souvenais des dernières fois où je l'avais monté, jusqu'à celle où il m'avait jetée sur le sol, me laissant à moitié assommée et une jambe brisée, je sentais la crainte nouer mon estomac et je savais que jamais je n'aurais le courage de tenter à nouveau l'expérience.

Léa, elle, n'avait pas peur. Avant chaque séance, elle passait un moment avec lui. Elle lisait, il restait à côté d'elle, broutant l'herbe des talus, sous le regard paisible du chien. Puis elle revenait, le préparait en lui parlant doucement. Il arrivait à la carrière complètement détendu.

Lorsque les séances d'obstacles ont commencé, il n'a fait aucune difficulté.

Le premier incident est venu sur le double. Il a sauté le premier oxer, a effectué une foulée et a pilé net devant le deuxième. Léa a basculé en avant, ses pieds ont déchaussé les étriers, elle est tombée sur l'encolure, a essayé de se rattraper, n'a pas réussi et a glissé sur le sol entre les antérieurs de Sombrero qui est demeuré immobile.

Je me suis précipitée.

– Léa ! Ça va ? Tu n'as rien ?

Elle s'est relevée en époussetant sa culotte.

– Non. Non, non. Qu'est-ce qui lui a pris ? a-t-elle ajouté en regardant Sombrero qui avait tourné la tête vers elle, comme pour s'assurer, lui aussi, qu'elle n'avait aucun mal.

– En selle ! est intervenu papa. On ne reste pas là-dessus.

J'ai aidé Léa à remonter. Elle a effectué un tour de piste tandis que mon père expliquait :

– Attention, il risque de recommencer. Tu le sais, prépare-toi. Il faut le relancer entre les deux obstacles, ne pas lui laisser le choix.

Léa a hoché la tête et a ramené Sombrero sur le double. Là encore, il a passé le premier sans rechigner et, entre les deux obstacles, il a dérobé, fuyant sur sa gauche en galopant joyeusement.

– Là, on a un problème, a murmuré papa. Léa, ramène-le !

Une fois, deux fois, trois fois... Quoi que sa cavalière ordonne, Sombrero trouvait toujours un moyen de s'échapper et Léa s'épuisait. Elle a fini par déclarer :

– Je n'en peux plus, là ! Faut que je souffle un peu !

– Deux minutes, pas plus, a accordé mon père. Après, tu reviens sur l'obstacle.

Léa a tourné paisiblement au pas autour de la carrière, en maintenant suffisamment de pression dans ses jambes pour indiquer à Sombrero qu'ils n'en avaient pas terminé, puis papa a lancé :

– On y va !

Elle a ramené Sombrero au petit galop et il a sauté le double avec élégance sans aucune difficulté.

– Eh bien voilà ! s'est exclamé papa. Laisse-le là-dessus. On reprendra la prochaine fois.

18

Le passage du double est devenu une obsession. Certaines fois, Sombrero le franchissait du premier coup, d'autres, il fallait s'acharner, encore et encore, jusqu'à ce qu'il cède.

Après les séances, nous partions nous promener. Mais finis les grands galops échevelés dans la plaine ! Papa avait été formel : pas de ça avec Sombrero. Et nous avions tous compris que mieux valait lui obéir.

Un soir que nous nous étions entraînées seules, Léa et moi, nous nous sommes dirigées au pas vers l'Allier.

Le printemps était bien avancé, les arbres étaient couverts de feuilles et une belle lumière régnait, projetant des taches d'ombre et d'or sur la piste devant nous. Le chien, comme fou, courait joyeusement, revenait en haletant, fourrait sa truffe dans les terriers, éternuait, disparaissait pour resurgir à l'improviste quand nous l'avions oublié.

– Comment tu fais pour qu'il reste toujours aussi calme ? ai-je demandé à Léa en désignant Sombrero.

– Je me fais discrète, a-t-elle répondu.

– Discrète ?

– Oui. Tu vois, la main, il doit à peine la sentir. Il ne faut pas tirer sur le mors, mais en même temps, il a besoin de savoir que tu es là. Les jambes, c'est pareil. Il ne faut pas serrer, pas talonner, juste rester en contact. Voilà, c'est de cela qu'il a besoin, un simple contact. Après, il est à l'écoute. Tu sais, je crois qu'il aime le saut d'obstacles, il aime quand nous dessinons ensemble un parcours dans le sable de la carrière.

– Le double, pourtant, il a du mal !

– Au début, j'ai cru que c'était un jeu pour lui de dérober, qu'il savait très bien le faire, mais que, quelquefois, il s'amusait. Je me suis dit que son caractère fantasque ressortait à cette occasion. Et puis, j'ai remarqué un truc…

– Quoi ?

– Si j'aborde le premier obstacle sur le pied droit, ensuite il a exactement deux foulées pour se récupérer et reprendre de l'élan. Et là, il passe le deuxième. En revanche, si j'aborde le premier obstacle sur le pied gauche, je ne sais pas pourquoi, il est déséquilibré. Il n'a plus ses deux foulées, ou plutôt, elles ne sont pas naturelles pour lui, et il dérobe.

– Il faut calculer à chaque fois sur quel pied tu es, ai-je murmuré.

– C'est ça. Et changer de pied avant si c'est nécessaire.

– Waouuuuuh ! Et tu arrives à y penser ?

– Pas toujours. Des fois, je réfléchis trop au parcours, j'oublie… et il en profite ! a-t-elle ajouté en flattant l'encolure de Sombrero.

Nous avons continué à cheminer côte à côte en bavardant. De l'autre côté du bois, une friche s'étendait que le chemin traversait avant de s'incurver vers la droite pour pénétrer à nouveau dans le sous-bois.

– On trotte ? a proposé Léa.

J'ai approuvé.

D'une simple pression, elle a demandé le trot à Sombrero et Belle de Mai a suivi. Le soleil descendait sur notre droite, vers la colline lointaine ; nos ombres s'allongeaient sur le sol, celles de nos montures, avec leurs jambes fines et démesurément longues, leur corps massif, leur tête expressive, et les nôtres, frêles et fragiles, et l'ensemble dansait, épousant la moindre aspérité, balayant les buissons épais, s'étalant sur l'herbe rase.

J'ai souri en me rappelant la phrase de mon père : « Les chevaux n'ont pas d'ombre. » Mais avec nous, ils en avaient une ce jour-là, deux ombres qui se mêlaient et s'entremêlaient alors que Léa, paisiblement, lançait Sombrero au petit galop.

19

Le jour du concours approchait et l'entraînement de papa et de Léa portait ses fruits. Sombrero était au mieux de sa forme. Musclé, sans une once de graisse, à l'écoute, aussi à l'aise en terrain découvert que sur le parcours d'obstacles. Il ratait encore parfois le passage du double, mais Léa savait à présent le reprendre.

Un soir, mon père a remis une enveloppe à Léa.

– Ce sont les papiers à faire signer à tes parents pour le concours. Ton épreuve a lieu le dimanche après-midi. Si nous démarrons à neuf heures, c'est suffisant. Tu peux partir en camion avec nous, il y a trois places. Les autres nous rejoindront plus tard. Aucun ne veut manquer ta performance ! Si tes parents préfèrent, ils peuvent te conduire. À eux de décider.

– Je viendrai avec vous. Mes parents ne seront pas là, ils descendent dans le Midi.

– D'accord. Dis-leur de m'appeler s'ils ont des questions. Et rapporte-moi les autorisations dans la semaine.

Papa nous a tourné le dos et j'ai demandé à Léa :

– Qu'est-ce qu'ils vont faire dans le Midi, tes parents ? Ils n'avaient pas envie de venir te voir ?

– Si, ils auraient bien voulu ! Au Mont-Doré et aux Eaux-Chaudes, ça leur a beaucoup plu. Mais ils veulent visiter des appartements... On va peut-être à nouveau déménager.

– Quoi ? Déjà ? Mais ce n'est pas possible, tu ne vas pas t'en aller !

– Attends ! Ce n'est pas encore fait... Des fois, ils s'emballent, ils partent en repérage et mon père n'est pas muté. Peut-être ont-ils juste envie de faire un tour dans le Midi !

– Ah...

La semaine précédant le concours a commencé. Le lundi soir, nous avons eu un long entraînement. Le mardi, Léa n'est pas venue. Elle a avancé ses devoirs, tout comme moi. Le mercredi, nous avons tous été très occupés avec le centre aéré et les clients habituels. Le jeudi, nous avons juste fait une balade pour délasser Sombrero. Le vendredi, nous avons eu un dernier entraînement. Papa avait décidé que, le samedi, on laisserait Sombrero tranquille et que Léa devait elle aussi se reposer. Quand elle est repartie ce vendredi-là, il a dit :

– Demain, je ne veux pas te voir ici. À dimanche. Nous te prendrons à neuf heures devant la Poste, c'est plus facile pour garer le camion. Tiens-toi prête.

– J'y serai, a assuré Léa.

Le samedi soir, j'ai surpris mon père devant le poste de radio, l'air inquiet.

– Qu'est-ce qui se passe ? ai-je demandé.

– Peut-être une grève qui se prépare. Il paraît que les routiers vont manifester.

Sur le coup, je n'ai pas compris en quoi cela nous concernait. Puis mon père a ajouté :

– J'écouterai les infos tout à l'heure et on verra. S'ils décident de bloquer les routes, il faudra partir plus tôt.

En fin de soirée, la situation n'avait pas l'air critique et mon père m'a envoyée me coucher en rappelant :

– N'oublie pas de régler ton réveil sur sept heures !

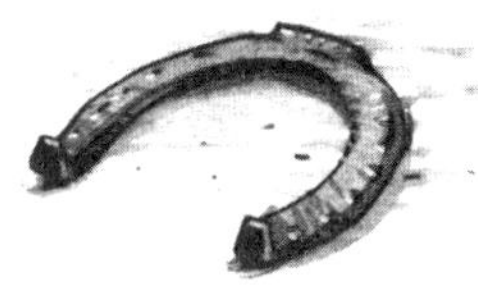

Cette nuit-là, j'ai dormi comme une masse… jusqu'à ce qu'une main me secoue. C'était ma deuxième sœur.

– Lève-toi ! Il faut que tu te prépares !

– Hein ! Quoi ! ai-je grogné. Quelle heure est-il ?

– Cinq heures.

Je lui ai tourné le dos en marmonnant :

– Cinq heures ! Tu es folle !

Elle a arraché les draps.

– Lève-toi, je te dis ! Papa a écouté les infos, les routiers commencent à bloquer la circulation et il veut prendre la route le plus tôt possible.

Ça m'a réveillée complètement. Je me suis redressée, j'ai sauté sur mes pieds, couru à la cuisine.

Pendant que je déjeunais, mon père a sorti le camion dans la cour. J'ai terminé à la hâte, pris une douche rapide, je me suis habillée, j'ai rassemblé mes affaires dans un sac. Nous avons nourri les chevaux. Je savais qu'il fallait attendre avant d'embarquer Sombrero. Pas question de le stresser en l'empêchant de manger tranquillement ! Papa a jeté un coup d'œil à sa montre.

– C’est pas vraiment une heure pour téléphoner chez les gens, a-t-il dit, mais il faut que tu appelles Léa pour l’avertir que nous passerons plus tôt, vers huit heures moins le quart.

Je me suis précipitée sur le téléphone, j’ai composé le numéro de Léa. La sonnerie a retenti. Une fois, deux fois, trois fois. Le répondeur s’est déclenché : « Nous ne sommes pas là pour le moment. Laissez-nous un message, nous vous rappellerons. »

J’ai raccroché.

Stupide.

J’aurais dû laisser un message.

J’ai recomposé le numéro. La sonnerie a retenti. Une fois, deux fois, trois fois. Le répondeur s’est déclenché : « Nous ne sommes pas là pour le moment. Laissez-nous un message, nous vous rappellerons. »

– Léa, c’est nous. C’est moi. La ferme. Il y a des barrages sur les routes avec les routiers. Nous allons partir plus tôt. Rappelle-moi.

J’ai raccroché et j’ai gardé les yeux rivés sur le téléphone, m’attendant presque à l’entendre sonner aussitôt. Il est resté muet naturellement. Je suis ressortie dans la cour.

– Tu l'as eue ? a demandé papa.

– Non. Je suis tombée sur le répondeur. J'ai laissé un message.

– Tu réessaieras un peu plus tard.

Un quart d'heure après, nouvelle tentative.

Rien.

J'ai rejoint papa en me mordillant les lèvres.

– Elle ne répond toujours pas, ai-je dit. Il faut aller voir.

– C'est idiot, ta sœur vient juste de partir avec la voiture.

– Ça ne fait rien, j'y vais en vélo. Je n'en ai pas pour longtemps.

Jamais je n'ai parcouru aussi vite les trois kilomètres qui nous séparent de la ville. J'ai grimpé en danseuse la petite côte avant le pont, dévalé vers la Poste, freiné sec devant l'immeuble de Léa. J'ai pris le temps d'attacher ma bicyclette à une grille – il n'aurait plus manqué qu'on me la vole ! –, ce qui m'a permis de retrouver mon souffle. J'ai ouvert la porte de l'immeuble, je suis entrée dans le hall. L'interphone. J'ai cherché le nom de Léa, appuyé sur le bouton.

Au bout de quelques secondes, une voix a répondu :

– Oui ?

– Bonjour. Je voudrais voir Léa, s'il vous plaît.

– Vous faites erreur. Il n'y a pas de Léa ici.

Un claquement sec m'a annoncé que mon interlocutrice venait de raccrocher.

J'ai regardé l'interphone, interloquée. J'avais dû me tromper, appuyer par mégarde sur le bouton voisin.

Cette fois-ci, j'ai fait attention et soigneusement vérifié que le bouton que je pressais était le bon.

J'ai entendu le déclic de l'interphone et la même voix a interrogé :

– Oui ?

J'ai pris un ton très avenant pour annoncer :

– Bonjour ! Je viens voir Léa s'il vous plaît !

J'ai entendu un soupir d'agacement et la voix a répété :

– Je vous ai déjà dit qu'il n'y avait pas de Léa ici. Et cessez de me déranger ! Vous avez vu l'heure ?

Un claquement sec.

Elle avait raccroché.

Je suis restée les bras ballants.

J'ai relu le nom.

C'était celui de Léa.

Incompréhensible.

J'ai regardé autour de moi.

Personne à qui m'adresser.

Je suis ressortie, j'ai levé la tête vers l'immeuble. La façade était muette.

Durant l'hiver précédent, Anaïs et moi avions souvent raccompagné Léa. Nous l'avions vue pénétrer dans le hall, composer le code, disparaître dans l'escalier. C'était bien son immeuble.

Mais jamais elle ne nous avait proposé d'entrer.

Sept heures ont sonné au clocher. Déjà ! Papa allait me massacrer. J'ai détaché mon vélo et pédalé à toute allure vers la ferme. Lui saurait ce qu'il fallait faire !

Sombrero était déjà dans le camion avec Belle de Mai à côté de lui. Il avait été décidé que nous l'emmènerions aussi afin qu'il ne se sente pas seul.

– Léa ? a questionné mon père.

J'ai expliqué ce qui s'était passé.

Il est resté muet quelques instants puis il a déclaré :

– On ne peut pas attendre plus longtemps. Il faut y aller.

– Et si on essayait le portable de ses parents ? ai-je lancé.

– Tu as le numéro ?

– Il doit être inscrit sur les autorisations.

– Tu as raison. Regarde et dépêche-toi.

J'ai bondi dans le bureau, fouillé pour trouver le numéro, appelé à la hâte.

Je suis tombée sur le répondeur.

J'ai laissé un message.

Je suis retournée dans la maison prendre mon sac, j'ai rejoint le camion. Papa était déjà au volant.

– Le chien, où est le chien ? a-t-il grogné avec impatience.

– Là, ai-je répliqué en grimpant dans la cabine. À mes pieds.

Sans un mot, il a démarré. Le camion est sorti de la cour, s'est engagé en bringuebalant sur la piste.

– Qu'est-ce que nous allons faire ? ai-je demandé.

– Voir si elle est au rendez-vous.

– Il est trop tôt.

– Je sais.

Léa n'était pas devant la Poste. Pas devant son immeuble non plus, qu'on apercevait, un peu plus loin.

Papa m'a regardée d'un air songeur et a déclaré :

– On y va.

– Mais… le concours… sans Léa… ai-je commencé.

Il m'a interrompue :

– On verra bien.

Le camion a quitté la ville, rejoint la nationale. À l'arrière, les chevaux étaient sages. Silencieux. Dans la cabine, nous étions trois : papa, le chien et moi.

Léa n'était pas là.

20

Le barrage des routiers était situé après l'intersection. Nous pensions être tirés d'affaire, eh bien non. Quand papa a vu la file de voitures arrêtée devant nous, il a poussé un énorme juron. Il a stoppé le camion derrière le dernier véhicule, a coupé le moteur et m'a ordonné :

– Descends et va voir.

J'ai remonté la file à pied. Il y avait une dizaine de voitures et, au bout, deux poids lourds qui bloquaient la route, ne laissant qu'un étroit passage. J'ai attendu un moment. Une voiture a franchi le barrage, puis une deuxième… J'ai fait demi-tour.

En grimpant dans la cabine, j'ai expliqué :

– Les voitures passent au compte-gouttes. Mais c'est étroit. Je ne sais pas si, avec le camion…

Il nous a fallu trois quarts d'heure pour parvenir au barrage. Derrière nous, la queue s'était allongée de manière impressionnante. Quand notre tour est enfin arrivé, un des routiers s'est approché du camion, du côté de papa.

– Vous allez où ? a-t-il interrogé.

– Au Broc, pour le concours hippique.

– Vous avez des chevaux là derrière ?

– Oui, et voilà un moment qu'ils attendent. Ils vont finir par trouver le temps long…

– Nous avions décidé de n'autoriser que dix véhicules, a annoncé l'homme.

– Et alors ?

– Vous êtes le onzième.

– Nous devons nous trouver sur le lieu du concours dans une heure, a déclaré papa, imperturbable.

Un autre routier s'est approché.

– Qu'est-ce qu'il y a ?

– Ils ont des chevaux, là derrière.

Le deuxième homme s'est hissé sur le marchepied, a jeté un coup d'œil à l'intérieur de la cabine. J'avais les yeux pleins de larmes.

Il a sauté à terre et a dit à son collègue :

– Laisse-les passer.

L'autre a montré l'étroit goulet.

– C'est trop petit.

– On va bouger le camion.

Le deuxième routier a gagné l'un des poids lourds, l'a démarré, a reculé, juste l'espace nécessaire pour que notre camion se faufile. Devant nous, la route était libre. J'ai regardé dans le rétroviseur extérieur. Derrière nous, la nasse se refermait. Plus aucun véhicule ne passerait.

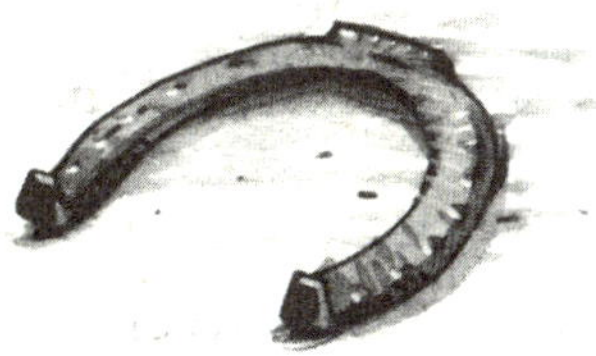

Je n'osais pas demander à papa ce qu'il comptait faire. C'est lui qui me l'a expliqué alors que le camion s'attaquait à la route en lacets qui conduit au Broc.

– Ta sœur va aller en voiture au rendez-vous qui était convenu avec Léa. Elle y sera, j'en suis sûr. Elle nous l'amènera.

– Mais le barrage ?

Il a eu un geste fataliste.

– Il faudra qu'elles se montrent convaincantes.

– Et c'est quoi cette histoire ? Léa n'habite pas vraiment là, tu crois ?

– Comment veux-tu que je le sache... Peut-être as-tu mal compris...

– J'ai très bien compris !

– Alors c'est un mystère.

Nous avons fini par arriver. Les autres concurrents avaient dû partir très tôt, comme nous, car le pré qui servait de parking était déjà bondé. Nous nous sommes dépêchés de sortir les chevaux, nous les avons fait boire, puis j'ai emmené Sombrero marcher.

Quand je suis revenue, papa rangeait son portable dans sa poche.

– Elles sont coincées au barrage, a-t-il déclaré sans me laisser le temps de poser une question. Il y a une cinquantaine de voitures devant elles. Ta sœur tente de parlementer.

– Léa ?

– Elle est avec elle.

– Et pour ce matin, tu as des explications ?

– Ta sœur n'a pas eu le temps de m'en donner. L'urgence, c'est qu'elles trouvent un moyen d'arriver ici. Mangeons en attendant.

J'ai eu envie de répliquer que je n'avais pas faim, mais c'était faux. Mon estomac réclamait.

Papa a sorti la glacière, nous nous sommes assis à l'arrière du camion et nous avons dévoré les sandwichs préparés la veille. Nous avons terminé par une pomme et papa m'a ordonné :

– Commence à préparer Sombrero.

J'ai empoigné une brosse, un cure-pied et je lui ai obéi.

Le téléphone a sonné. J'ai entendu mon père marmonner :

– Oui… Oui… bien.

Il a refermé son portable d'un coup sec, s'est tourné vers moi, a pris une profonde inspiration et m'a annoncé :

– Elles ne viendront pas.

J'ai suspendu mon geste.

– Elles sont coincées là-bas, il n'y a aucun moyen de passer.

J'ai ramené lentement les bras le long de mon corps, j'ai regardé Sombrero et j'ai entendu la voix de papa qui disait :

– C'est toi qui monteras Sombrero.

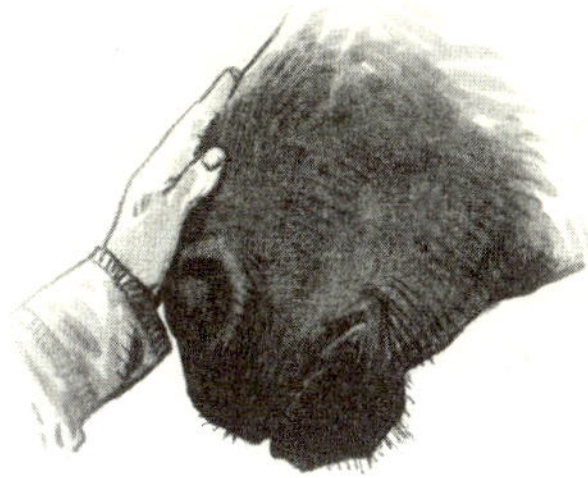

21

La gorge sèche, j'avais commencé par dire non. Puis j'avais proposé que l'on redescende chercher Léa en camion.

– Elle contourne le barrage à pied, on la récupère de l'autre côté, on remonte.

– On n'a plus le temps, avait déclaré papa.

Ensuite, j'avais joué la carte administrative.

– C'est Léa qui est inscrite. Pas moi.

– J'ai tes papiers et le règlement nous autorise à changer de cavalier jusqu'à une demi-heure avant le début de l'épreuve.

Enfin, j'avais essayé de négocier :

– Je veux bien tenter cette épreuve, mais avec Belle de Mai.

– Belle de Mai n'a ni la carrure ni l'entraînement. Elle ne tiendra pas, avait tranché papa.

– Alors tant pis. Moi, je ne tiendrai pas sur Sombrero.

– Fais-le pour Léa.

Pour Léa.

Ces deux mots avaient emporté ma décision et je les ruminais en suivant papa alors que nous reconnaissions le parcours, le cross d'abord, qui nous entraînait au fond d'un vallon, avec une rivière à franchir, une colline à gravir, un bois à traverser, le tout semé de troncs, de haies, de fossés… Puis la partie obstacle avec le double et…

Je me suis arrêtée net :

– Papa ! Il y a un triple !

Mon père ne s'est pas laissé impressionner. Il s'est approché de la série de trois obstacles, a mesuré, en comptant ses pas, l'espace qui les séparait et a déclaré :

– Ça va. Il n'est pas méchant.

Tous les concurrents étaient surpris. C'était la première année que l'épreuve comportait un triple.

– Ça mettra du piquant ! a déclaré une voix derrière nous.

Je me suis retournée. Il s'agissait du moniteur d'un club d'une ville voisine que nous croisions régulièrement et qui considérait toujours notre vieux camion avec mépris. Il était accompagné d'une jeune cavalière que je connaissais de vue et qui m'a toisée d'un air moqueur. Je leur ai tourné le dos.

– Refaisons une fois cette partie du parcours, a proposé papa.

Je l'ai suivi presque à contrecœur mais, très vite, j'ai prêté attention à ses conseils.

– Pour la partie cross, tu n'auras pas de problème. Sombrero est un cheval des grands espaces, avec lui tu as une longueur d'avance sur les autres. Pour l'obstacle, prends ton temps. Ne joue pas la montre, mise tout sur le sans-faute. Regarde, ici par exemple la plupart vont couper et aborder le mur légèrement de travers… et la moitié vont se planter.

Toi, fais le tour du spa. Tu perdras quelques secondes, mais tu assureras à Sombrero un bel appel. Pour le double, souviens-toi de ce que t'a expliqué Léa.

– Oui. Galoper sur le pied droit.

– C'est ça. Et pour le triple aussi. Cela signifie qu'il faudra peut-être que tu changes de pied avant d'attaquer l'obstacle. Tu t'en souviendras ?

– Je ne sais pas.

– Tu t'en souviendras, a martelé papa.

Au tirage au sort, je suis tombée sur le numéro dix.

– Ça te laisse le temps de te préparer, de t'échauffer avec Sombrero et d'assister à quelques parcours pour bien te mettre le tracé dans la tête, a dit papa.

Ça laissait surtout le temps à la peur de s'insinuer au creux de mon ventre, de remonter dans ma gorge, de se nicher dans ma tête.

Je suis retournée vers le camion en traînant les pieds. Sombrero était attaché à côté de Belle de Mai et il m'a regardée venir.

Je l'ai brossé à nouveau. J'ai examiné ses pieds. J'ai essayé de me rappeler les gestes de Léa ; peu à peu le contact de son pelage et les longs frémissements que je sentais sous mes doigts m'ont rassurée. Et comme j'ignorais les paroles qu'elle lui murmurait quand elle le préparait ainsi pour l'entraînement, j'en ai inventé.

Papa m'a aidée à le seller, à le brider.

– Il va falloir que tu le montes, a-t-il dit.

– Encore cinq minutes, ai-je répliqué.

– Léa a oublié ça à la ferme, a-t-il ajouté en me tendant un livre.

J'ai lu le titre. *L'aigle et le cheval.* Les larmes me sont montées aux yeux et tout m'a sauté à la figure. Les mois qui venaient de s'écouler, la grande patience de Léa qui venait retrouver Sombrero avec obstination alors que celui-ci l'ignorait, sa silhouette contre la clôture, un livre à la main, le chien auprès d'elle. Elle n'avait jamais abandonné.

J'ai su ce que je devais faire.

J'ai pris le livre, je me suis détournée, je me suis assise aux pieds de Sombrero sous l'œil attentif du chien. J'ai ouvert le livre à la première page et j'ai commencé à lire. Bientôt, j'ai senti le souffle de Sombrero dans mon cou. J'ai tourné la tête lentement. Il avait abaissé ses naseaux jusqu'à moi et il me poussait avec son nez.

La voix de mon père a résonné :

– On y va.

Je me suis levée, étrangement calme, et j'ai répété :

– On y va.

Nous avons conduit Sombrero à l'écart dans un coin tranquille à l'abri d'une haie et le chien nous a suivis. Papa a vérifié le sanglage de la selle et il a tenu Sombrero pendant que je m'apprêtais à monter. C'était la première fois depuis l'accident. Nous y pensions tous les deux, mais aucun de nous n'a évoqué le passé. J'ai enfilé mon pied gauche dans l'étrier, agrippé le pommeau, retenu ma respiration.

J'étais en selle.

J'avais oublié qu'il était aussi haut, plus grand que Belle de Mai.

J'avais oublié la rondeur de ses flancs, la force de son encolure, la beauté de sa tête redressée, les oreilles pointées en avant.

J'avais oublié la boule d'énergie que je sentais sous ma main, prête à exploser à la moindre sollicitation.

– Allons au paddock. Tu tourneras un peu au galop, tu passeras une barre ou deux, ça suffira.

J'ai commencé à l'échauffer, au pas, au trot, effectué quelques figures, puis j'ai demandé le galop et il a obéi en douceur, si bien que je n'ai eu aucune appréhension à l'amener sur la première barre qu'il a franchie avec aisance.

– Bien ! a crié mon père. À l'autre main à présent.

J'ai encore fait deux ou trois tours, sauté une nouvelle barre et je suis sortie du paddock.

– Tu veux regarder les autres ? a proposé papa.

J'ai secoué la tête.

– Non. Je préfère me promener un peu.

Je me suis éloignée au pas. J'avais besoin de ces quelques instants de solitude avec Sombrero pour le retrouver complètement, pour retrouver Léa. Seul le chien nous a accompagnés, marchant tout près, au ras de ses sabots.

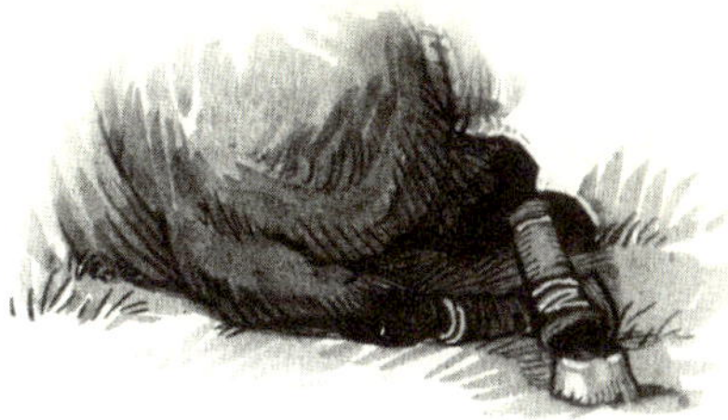

22

Le neuvième candidat a quitté le terrain de cross et est entré sur le parcours de saut d'obstacles. C'était à moi. Je me suis présentée au départ, j'ai décliné mon numéro d'inscription, mon nom et celui de Sombrero, la barrière s'est ouverte pendant que le scrutateur notait mon heure de départ.

– On y va, a murmuré papa en nous regardant franchir la ligne.

Je suis partie au petit trot tranquillement. « Ne galope pas dans la descente, avait dit papa, le terrain sera glissant », et j'ai scrupuleusement suivi son conseil.

Sombrero était complètement rassemblé sous ma main. Je me suis souvenue des paroles de Léa : « La main, il doit à peine la sentir. Il a juste besoin de savoir que tu es là. » Je me suis appliquée et je suis restée bien assise dans ma selle, les rênes tendues comme il fallait.

J'avais peur de ne pas retrouver l'itinéraire, mais des fanions le balisaient et auprès de chaque fanion se tenait un juge qui marquait notre passage. Cela m'a rassurée.

Quand le terrain s'est aplani, j'ai pris le galop. Le premier obstacle se trouvait là, un simple tronc noyé de fougères. J'ai dirigé Sombrero droit dessus et je l'ai senti se raidir. J'ai donné de la main et il s'est repris. Il a abordé l'obstacle avec toute sa puissance, les oreilles pointées vers l'avant, et est retombé avec aisance de l'autre côté pour repartir de plus belle vers le deuxième obstacle, un fossé avec une haie derrière.

La rivière à présent.

Je me suis demandé s'il valait mieux sauter par-dessus ou la traverser au galop. Sombrero a choisi à ma place. Il s'est élancé joyeusement dans l'eau, éclaboussant les quelques spectateurs rassemblés autour du juge.

De l'autre côté, c'était la grande côte. Il l'a attaquée avec vigueur et j'ai lâché bride, ce qui a décuplé son énergie. J'ai senti sous mes jambes sa puissante musculature et l'effort qu'il fournissait pour s'arracher à la pesanteur du sol et nous emporter tous les deux, pour avaler la colline jusqu'au ciel empli de lumière, là-haut, au ras de l'horizon.

J'ai éclaté de rire et Sombrero a répondu par un hennissement, redoublant de vitesse en jetant un bref coup d'œil à nos côtés. Je l'ai imité. Le chien ne nous avait pas quittés et il courait, l'échine tendue, ses longues pattes se dépliant et se repliant à un rythme effréné, tâchant de se maintenir à la hauteur de Sombrero, finissant par se laisser distancer.

En haut de la côte, nous étions seuls au monde. Sombrero a ralenti, il n'était pas essoufflé, juste curieux de savoir où j'allais l'entraîner. Moi, l'excitation m'avait gagnée.

Sombrero était bien le cheval dont j'avais toujours rêvé, celui qui serait capable de m'emporter au-delà de moi-même. Sous ma main, sous mes jambes, il était en train de révéler son énorme potentiel, et j'ai alors réalisé le formidable cadeau que Léa m'avait offert.

Il ne fallait pas la décevoir.

Il ne fallait pas perdre de temps.

J'ai cherché des yeux le fanion suivant, l'ai aperçu plus loin sur la gauche et je l'ai rejoint au petit galop. Sombrero s'est immédiatement montré attentif à mes ordres. L'itinéraire sur le plateau commençait, semé d'obstacles. Le chien a dû couper en travers car, quand nous sommes arrivés au bout, il était là à nous attendre.

Le chemin continuait dans le bois. Nous l'avons abordé tranquillement. Je savais qu'il y avait un tronc quelque part en travers, cela ne nous a pas ralentis. Sous ma main, je sentais la puissance de Sombrero intacte, mais j'ai sagement suivi les conseils de papa : « Dans le bois, ralentis-le. Il faut qu'il se reprenne, qu'il retrouve sa concentration, qu'il sache que ce n'est pas terminé. »

J'ai à peine eu le temps de tendre légèrement mes rênes pour découvrir que Sombrero avait compris que ce n'était pas fini ! En quelques secondes, il était rassemblé et parfaitement attentif.

Nous sommes ressortis du bois au petit galop. Un pré s'ouvrait devant nous et, au bout, l'entrée du parcours d'obstacles nous attendait. Quelques applaudissements ont éclaté. Je n'y ai pas prêté attention. Je ne voyais que notre ombre à Sombrero et à moi qui courait sur l'herbe du pré, et le chien qui trottait à nos côtés.

« Le chien ! ai-je réalisé. Il va nous suivre sur le terrain ! Il n'a pas le droit. » Affolée, j'ai cherché comment le chasser. Je n'avais pas le temps, ni le moyen. Mais le chien n'était pas fou. Il s'est arrêté juste à l'entrée, s'est assis sur son arrière-train tandis que la barrière se refermait derrière nous et que nous pénétrions dans l'arène seuls, Sombrero et moi.

Je n'ai rien distingué des gens massés autour, ni de la tribune ni du jury. Il y avait devant moi un imbroglio d'obstacles dont il fallait que je trouve le fil.

J'ai commencé à paniquer. Je ne me souvenais de rien, pourtant, je n'avais que quelques secondes et pas le droit de faire une volte. Sombrero a frémi sous ma main et a poussé un bref hennissement qui m'a remis les idées en place.

La haie. Il fallait débuter par la haie, le reste s'enchaînerait.

Je me suis assise dans ma selle, j'ai redressé mon buste, gardé mes mollets au contact de Sombrero, descendu mes talons, ma main s'est faite légère, légère ! Et je l'ai lancé sur la haie.

J'ai senti qu'autour de nous les spectateurs retenaient leur souffle et j'ai imaginé la vision qu'ils devaient avoir de ce grand cheval noir à l'encolure solide, à la crinière et à la queue échevelées, et moi dessus, minuscule.

Au fur et à mesure que nous avancions, je déclinais l'itinéraire dans ma tête. Le droit. L'oxer. Le spa. Virage à gauche. Un droit à nouveau. Attention, ici, il ne faut pas se tromper. Contourner le spa pour aborder le mur. Bon sang qu'il est haut ! Il était déjà comme ça tout à l'heure ? C'est pas possible. Ils l'ont remonté entre-temps…

Sombrero n'avait pas mes états d'âme et, contrairement à moi, il voyait le mur pour la première fois. Il a sauté largement au-dessus et j'ai senti un vent d'excitation balayer la foule.

J'ai pris alors conscience des regards posés sur nous. J'ai abordé la diagonale. Au bout, le double. Je n'ai pas eu besoin de baisser les yeux pour savoir que Sombrero était bien sur le pied droit. Il galopait légèrement, en équilibre parfait, et le double, il l'avait vu aussi. Il s'est envolé au-dessus du premier obstacle. Une, deux foulées, il a franchi le deuxième sans hésiter.

Je l'ai repris juste derrière.

Nous n'en avions pas terminé.

Je craignais qu'il s'épuise, qu'il se déconcentre. Je ne sais pas si j'aurais eu alors l'énergie nécessaire pour le relancer.

Mais il n'avait rien perdu de sa vigueur ni de son attention. Il a arrondi son encolure, a adopté un tout petit galop, la queue relevée en panache pour aborder les palanques, puis la haie barrée.

J'ai cherché des yeux la suite de notre itinéraire.

Voilà : virage à droite pour filer sur le triple, le long de la lice... Et Sombrero qui était sur le pied gauche ! Un instant, j'ai cru que je n'aurais pas la force et j'ai eu envie d'abandonner. Trop bête. J'ai serré mes mollets, déporté le poids de mon corps sur la gauche, tendu la rêne droite, mobilisé mon énergie comme si je pouvais soulever Sombrero au-dessus du sol pour lui permettre de changer de pied, et alors qu'il était en suspension, j'ai senti qu'il obéissait.

Nous avons fondu sur le triple. Premier obstacle. Une, deux foulées. Deuxième obstacle. Je n'ai pas eu le temps de me demander comment Sombrero allait réagir à la vue de ce troisième obstacle totalement inhabituel. Je me suis contentée de compter. Une, deux foulées.

J'ai senti qu'il mobilisait toutes ses forces pour s'envoler au-dessus des barres bleu et blanc qui formaient devant nous un bloc apparemment infranchissable.

Mais pour lui, ce jour-là, rien n'était infranchissable.

Il s'est reçu sur ses antérieurs dans un nuage de poussière, immédiatement attentif à mon ordre suivant. Heureusement, car il restait un obstacle, un oxer massif. J'ai rassemblé ce qui me restait de concentration pour obliger Sombrero à le prendre suffisamment large pour l'aborder de face, je l'ai ralenti juste ce qu'il fallait, il était à mon écoute et il a convoqué toute sa puissance pour le survoler, bien plus haut que nécessaire.

Un tonnerre d'applaudissements a éclaté.

Nous avons galopé ventre à terre jusqu'à la ligne d'arrivée. Puis je suis allée saluer le jury. J'étais épuisée et une énorme nausée montait dans ma gorge. J'ai juste eu la force de gagner la sortie alors que le candidat suivant arrivait.

Le chien nous attendait. Et mon père aussi. Il a pris Sombrero par la bride et nous a entraînés lui et moi vers notre camion.

Je me suis laissée tomber dans ses bras, pliée en deux. Il m'a soutenue, le temps que je m'asseye sur le sol. Il a dessanglé Sombrero, a passé un licol par-dessus sa bride, l'a attaché à un anneau du camion, est revenu vers moi, s'est accroupi.

– Tu as fait un sans-faute, a-t-il dit d'une voix rauque. Un sans-faute. Et tu es la première à l'avoir réussi.

23

Péniblement, j'ai réussi à me relever. Mes jambes flageolaient. Papa m'a conduite à l'arrière du camion, m'a proposé un verre de jus d'orange, un paquet de biscuits à la figue. J'ai découvert que j'avais faim et je me suis jetée sur les gâteaux.

– Je vais bouchonner Sombrero, a déclaré papa. Il a fourni un sacré effort, lui aussi.

Je l'ai rejoint peu après. Les poils de Sombrero étaient encore mouillés de sueur, mais il avait belle allure. Quand il m'a vue, il a allongé sa tête vers moi et henni doucement.

Je lui ai tendu sur ma main ouverte les morceaux de carotte que j'avais préparés à son intention et il les a croqués avec sérieux.

– Il y a sept concurrents après toi, a dit mon père. Deux ont dû passer. Tu veux aller regarder les autres ?

J'ai hoché la tête. J'étais curieuse à présent de voir de l'extérieur ce parcours dont je ne conservais, après coup, qu'une image assez floue. Je me suis mêlée aux spectateurs. Un cavalier évoluait sur la piste. J'ai aussitôt saisi la complexité du circuit et compris à quel point les conseils de mon père avaient été judicieux et combien il avait fallu de finesse à Sombrero pour en éviter les pièges.

Quand une barre de l'un des droits est tombée, j'ai tout de suite pensé que le concurrent ne l'avait pas pris assez de face, et quand il a manqué le troisième obstacle du triple, qu'il n'avait pas réussi à rythmer les foulées de sa monture.

Les cavaliers se sont succédé et chacun a commis au moins une erreur. À chaque fois, j'avais un pincement au cœur. Avec Sombrero, nous étions les seuls à n'avoir provoqué la chute d'aucune barre.

Le dernier concurrent avait à peine terminé qu'une main s'est posée sur mon épaule.

– Ton cheval est prêt. En selle, ma belle ! a lancé mon père.

Je l'ai regardé sans comprendre.

– Tu seras sur le podium. Il faut te préparer à la remise des prix.

– Comment tu le sais ?

– Pas de fautes, ça te donne une sacrée longueur d'avance.

– Oui, mais je n'ai pas été très rapide !

– Je n'en suis pas si sûr. Je n'ai pas pu entendre les performances de tous les cavaliers, mais je crois que toi, dans le cross, tu as fait un bon chrono. Je vous ai observés quand vous grimpiez la colline, Sombrero en aurait laissé plus d'un sur place.

J'ai suivi mon père.

Sombrero m'attendait, l'œil pétillant, la robe lustrée, la crinière soigneusement peignée, et il a poussé un bref hennissement en m'apercevant.

Dans le haut-parleur, une voix a annoncé la fin de l'épreuve et déclaré que le jury se réunissait pour délibérer.

– Allez ! a fait mon père.

– Tu es sûr ?
– Certain.

À l'entrée de la carrière, quelques cavaliers attendaient déjà, l'air soucieux. Il s'agissait de ceux qui pensaient avoir une chance d'être classés. Je suis restée à l'écart, figée sur Sombrero avec papa à côté de nous.

Les haut-parleurs ont grésillé, une voix a toussé avant de lancer :

– Nous allons à présent proclamer les résultats du concours double du Broc, en commençant, comme il est d'usage ici, par la fin. Dix-septième !

Suivaient le nom du cavalier, celui de son cheval, le nombre de fautes, le nombre de points retirés, le temps. Seizième... Quinzième... La litanie des noms, des points et des temps s'est poursuivie. Quand la voix a annoncé « Septième ! », une certaine tension s'est manifestée au sein du petit groupe qui patientait et, lorsque le nom est tombé, un cavalier s'est détourné en pestant. « Sixième ! » Un autre cavalier s'est écarté. « Cinquième ! Quatrième ! » Je guettais mon nom, craignant de le manquer. Papa promenait machinalement sa main sur le chanfrein de Sombrero. Quand la voix a prononcé : « Deuxième ! », sa main s'est figée. Mais les noms qui ont suivi n'étaient pas les nôtres.

J'ai regardé papa d'un air malheureux et, la voix pleine de sanglots, j'ai murmuré :

– Ils m'ont oubliée !

J'ai été vexée de voir le sourire qui s'épanouissait sur son visage. Il y a eu un instant de silence solennel et la voix a repris :

– Première !

Et puis, mon nom a éclaté comme un coup de cymbales. Celui de Sombrero a suivi.

– Nombre de fautes : zéro. Nombre de points retirés : zéro. Temps…

Je n'entendais plus rien. Je cherchais les yeux de papa. Il caressait Sombrero en murmurant :

– Vous avez gagné. Vous avez gagné…

Le reste est allé très vite. Notre entrée sur le terrain, moi en tête sur Sombrero soudain un peu nerveux, la remise des prix, Sombrero qui a obstinément refusé qu'on accroche un flot à sa têtière alors que la foule riait en le voyant lever ses naseaux vers le ciel, le tour d'honneur au galop avec la coupe dorée qui m'encombrait, les exclamations du public quand le chien a fait irruption et s'est jeté dans les jambes de Sombrero, le président du jury qui nous a appelés, nous, les deux premiers, pour nous annoncer que nous étions qualifiés pour l'épreuve nationale.

L'épreuve nationale…

Je l'avais oubliée.

Quand j'ai quitté la carrière, je n'avais aucun doute.

– L'épreuve nationale, ai-je déclaré en sautant à terre, c'est Léa qui ira !

Papa a posé sur moi un long regard.

– Impossible. C'est toi qui es qualifiée. Toi avec Sombrero.

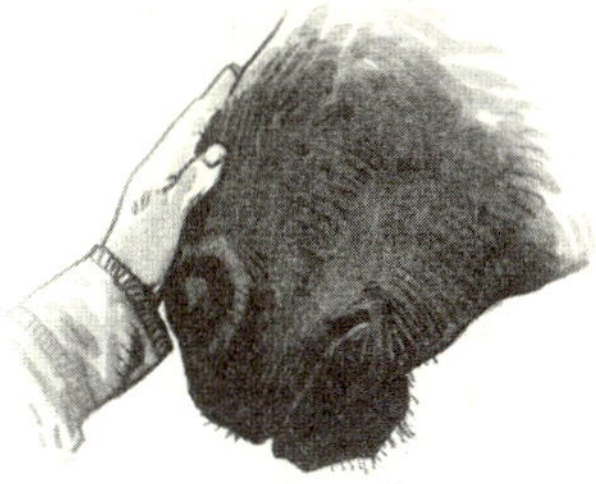

24

J'étais persuadée que Léa serait là, à la ferme, à attendre notre retour.

Je me trompais.

Je me suis précipitée vers ma sœur.

– Léa n'est pas avec toi ?

– Elle n'a pas voulu venir. Quand nous sommes redescendues, elle a préféré que je la laisse en ville.

– Pourquoi ?

Ma sœur a haussé les épaules.

– Comme ça.

– Mais ce matin, tu es allée la prendre où ?

– Au rendez-vous que vous aviez convenu.

– Et tu lui as expliqué que j'étais venue chez elle ?

– Bien sûr !

– Qu'est-ce qu'elle a dit ?

Ma sœur a eu un silence embarrassé.

– Qu'est-ce qu'elle a dit ? ai-je répété. Elle habite bien là ?

– Oui, a lâché ma sœur du bout des lèvres. Elle habite là.

– Bon. Et quand je suis passée, elle n'était pas là, c'est ça ?

– Si. Elle était là. Elle prenait sa douche.

– Mais alors... ai-je murmuré sans comprendre.

– C'est sa sœur qui t'a répondu.

– Ce n'est pas possible ! La personne que j'ai eue a prétendu qu'aucune Léa n'habitait là !

– C'est ce que j'ai raconté à Léa quand je l'ai trouvée devant la Poste. Elle était surprise que ce soit moi qui vienne la chercher et pas papa et toi avec le camion. Elle n'avait pas entendu les infos à propos des barrages routiers et elle ignorait que tu étais venue chez elle un peu plus tôt.

J'ai retenu mon souffle. Je voyais bien que ma sœur hésitait à poursuivre. Elle a continué cependant :

– Oh ! Et puis, voilà ! Sa sœur vous a fait une blague, c'est tout !

– Une blague ! ai-je rugi. Tu rigoles ? Elle lui a fait rater le concours et la qualification ! Tu te rends compte ?

Papa a posé un regard froid sur ma sœur et a intimé :

– Dis-nous ce qui s'est passé.

Elle a commencé :

– C'est une drôle de famille… Ce week-end, les parents étaient absents…

– Oui ! Je sais ! me suis-je exclamée.

– Le frère aîné de Léa vit ailleurs.

– Oui ! Il est marié, il travaille.

– Alors ces deux jours, Léa était seule avec sa sœur… Et sa sœur, elle fait comme si Léa n'existait pas. Voilà.

– Comme si elle n'existait pas ? ai-je relevé, interloquée.

– Ben oui. Apparemment, elle n'a jamais accepté sa naissance. Elle l'a toujours ignorée. Elle ne lui a jamais adressé la parole.

– Mais… C'est impossible…
– Ben si.
– Depuis toujours ?
– Depuis toujours. Elles ont partagé la même chambre et elle ne lui a jamais parlé.
– Et ses parents ? Ils trouvent ça normal ?
– Ils ont toujours cru que la situation s'arrangerait quand elles grandiraient.
– Et son frère ?
– Il n'a pas l'air de se sentir concerné.
– Mais enfin… de là à m'assurer qu'aucune Léa n'habite là…
– Ben… C'est logique, non ?
– Je ne vois pas ce qu'il y a de logique là-dedans ! Quand Léa est sortie de sa douche, sa sœur ne lui a pas dit que j'étais venue ?
– Tu n'as pas compris ? Elle ne lui adresse jamais la parole. Jamais ! Léa est sortie de la douche, elle a déjeuné, elle a pris ses affaires et elle est allée au rendez-vous. Elle ne savait rien.
– C'est elle qui t'a raconté ça ? a demandé papa.
– Oui.
– Alors… Elle devait être dans un état épouvantable… ai-je murmuré.

– Ça allait. Elle a dit qu'elle avait l'habitude.

– Et pour le concours ?

– Oh tu sais... Elle n'aime pas vraiment la compétition. Elle a bien pensé que tu monterais Sombrero à sa place.

25

Je croyais que jamais je ne parviendrais à m'endormir.

Papa avait décidé que je passerais la nuit à la ferme, que ma sœur me déposerait au collège le lendemain matin, et il avait prévenu ma tante. Je me tournais et me retournais sous les draps, puis la fatigue l'a emporté et j'ai sombré dans le sommeil.

C'est le vent qui m'a réveillée.

Le vent et un volet qui claquait.

Non. Ce n'était pas un volet, mais l'un des battants de la porte de l'écurie.

Immédiatement, j'ai été aux aguets. La maison était complètement silencieuse. Sans trop savoir ce que je faisais, je me suis levée, j'ai enfilé un pantalon, un pull, chaussé mes baskets. Je suis sortie sur la pointe des pieds.

L'air était frais et le vent chassait dans le ciel de lourds nuages gris sombre qui dévoilaient parfois une lune toute ronde. Je me suis demandé ce qui m'avait poussée jusque-là.

J'ai traversé la cour, gagné l'écurie. La porte était ouverte. Je suis entrée, j'ai allumé. J'ai tout de suite vu que le box de Sombrero était vide. J'ai éteint avant de ressortir et de refermer la porte.

Le vélo de l'une de mes sœurs était appuyé contre un mur. Je l'ai enfourché et je suis partie sur la piste. Je n'avais pas besoin de lumière, la lueur de la lune était suffisante, et aucun véhicule ne venait s'égarer à cette heure sur nos sentiers perdus. J'ai obliqué dans le bois, rejoint l'Allier. J'ai écouté le chant de la rivière, guetté le son des sabots sur les galets ou celui des pieds en train de frapper l'eau. Non. Ils n'étaient pas là.

Je suis repartie. J'ai erré sur la friche, cherchant à apercevoir leurs silhouettes. La friche était vide. J'ai parcouru nos chemins, ceux où nous avions galopé avec Anaïs, Pierrick et Lucile. Léa ne nous avait jamais rien dit de sa vie. Léa ne m'avait jamais rien confié. Ou nous n'avions pas voulu l'entendre, ou bien je n'avais pas voulu comprendre, et les chemins étaient déserts.

Alors j'ai su.

J'ai su où Léa avait entraîné Sombrero. J'ai pédalé comme une folle, quitté la piste qui menait à la ville, emprunté le chemin qui conduisait à la vieille route, celle qui va vers le sud avec ce pont étroit au-dessus de la rivière, ce pont où Sombrero et moi…

Je n'y étais jamais retournée et Sombrero non plus.

J'ai grimpé la colline, refusant d'écouter mon cœur qui tambourinait dans ma poitrine. Mes mains moites collaient sur les poignées du guidon, mes jambes flageolaient, mais je n'ai pas ralenti et j'ai lancé mon vélo dans la descente. Des barrières bloquaient la route peu avant le pont, je ne les ai vues qu'au dernier moment, j'ai freiné, le vélo a pilé et je suis passée par-dessus le guidon. J'ai atterri sur le talus. Je me suis redressée, un peu étourdie, en me frottant la tête.

La route était fermée pour travaux.

J'ai escaladé la barrière et je les ai vus. Sur le pont, entre les tas de gravier et de sable, sur le pont qui n'avait plus de parapet, Léa et Sombrero. Elle n'avait pas pris le temps de le seller. Elle montait à cru et le dirigeait simplement avec une longe fixée au licol. Sombrero était ramassé sur lui-même, l'encolure encapuchonnée, les naseaux largement dilatés contre sa poitrine, la queue en panache au-dessus de son dos, et il levait haut les antérieurs, comme un cheval de cirque. Que lui avait-elle demandé pour qu'il adopte cette attitude ?

J'ai appelé :

– Léa !

Elle ne m'a pas entendue. J'ai compris que le bruit de la rivière couvrait ma voix. J'ai dégringolé de la barrière, je me suis approchée.

– Léa !

Elle a fait volte-face et Sombrero a poussé un hennissement aigu. J'ai reculé en voyant ses naseaux écumants et le cercle blanc qui soulignait ses yeux.

– N'approche pas ! a crié Léa.

– Léa ! ai-je supplié. Écoute-moi ! Pour le concours… Je ne voulais pas… Je t'assure… Il faut me croire !

Elle a ricané.

– Le concours ! Mais tu n'as rien compris ! Comment aurais-je pu y participer ? Je n'existe pas ! Tu entends ? Je n'existe pas ! C'est ce qu'elle a décidé. Elle te l'a dit, n'est-ce pas ? « Il n'y a pas de Léa ici ! » Il n'y a pas de Léa… Il n'y en a jamais eu ! Jamais !

Sombrero s'est cabré et ses antérieurs ont fouetté l'air tandis qu'il reculait dangereusement vers le bord. J'ai cru qu'ils allaient basculer.

J'ai hurlé :

– Léa !

Il est retombé lourdement sur ses jambes, en émettant un son rauque.

– Va-t'en ! a jeté Léa. Tu discutes avec personne !

– Si, Léa ! Je discute avec toi !

– Qu'est-ce que tu en sais ? Toi, avec tes quatre sœurs, qu'est-ce que tu peux savoir ?

La lune s'est dégagée et a illuminé la scène. Léa a tendu ses bras vers le ciel.

– Tu vois ! Je suis comme les chevaux ! Je n'ai pas d'ombre ! Quand on n'existe pas, on n'a pas d'ombre ! Tu comprends ? Pas d'ombre !

Elle a éclaté de rire. Un rire plein de démence qui a résonné au-dessus de l'eau, qui est venu se cogner contre la colline, qui a percuté mes oreilles. Et Sombrero lui a répondu en levant la tête vers le ciel, poussant un hennissement strident, le hennissement d'un cheval fou.

J'ai reculé, buté contre une pierre, je suis tombée sur mes fesses. Quand je me suis redressée, Léa avait lancé Sombrero au galop. Ils zigzaguaient entre les tas de sable et les machines laissées là pour la nuit, flirtant avec l'abîme qui s'ouvrait de chaque côté de leur trajectoire, sans aucune protection, et je les ai vus filer ainsi, chassés par l'ombre du vent, jusqu'à ce qu'un train de nuages vienne balayer la lune, jusqu'à ce qu'ils se fondent dans l'obscurité, jusqu'à ce qu'ils disparaissent, la fille et le cheval.

Et le silence est retombé.

26

C'est la voix de mon père qui m'a sortie de l'inconscience.

– Léa!

Au début, ce n'était qu'un tout petit filet, quelque chose qui cherchait son chemin. Je ne savais pas si j'avais envie de l'attraper.

– Léa!

Ou de me laisser sombrer plus profond encore.

– Léa!

À un moment, j'ai décidé que j'allais le saisir et j'ai commencé à remonter.

– Léa!

J'ai entrouvert les yeux. Tout était blanc. Pas une trace d'ombre dans cet endroit. C'est comme ça, une chambre d'hôpital. Il faut s'y faire. J'ai refermé les yeux. Papa avait mis sa main dans la mienne. Je l'ai serrée. Il m'a répondu, doucement, et il a continué à répéter mon nom régulièrement.

– Léa, Léa, Léa…

Plus tard, j'ai ouvert les yeux à nouveau. Il était à mes côtés. J'ai murmuré :

– Je veux un livre.

Le livre était déjà là, sur la table de nuit. Il me l'a montré. Je n'avais pas encore la force de l'ouvrir. Il me l'a glissé sous la main. Je l'ai gardé là et je l'ai caressé.

Les livres m'ont toujours sauvé la vie.

Depuis toute petite.

Quand le regard de ma sœur me traversait comme si je n'existais pas, j'ouvrais un livre.

Souvent, j'ai essayé d'attraper ses yeux avec les miens. Impossible. Ils glissaient sur moi comme sur une vitre, pire, comme sur du vide. J'en venais à toucher mon propre corps pour m'assurer de sa présence.

Cela ne suffisait pas.

Alors je saisissais un livre.

Quand son silence s'épaississait, insupportable, j'en avais la nausée. Je savais tellement que le son de ma voix ne parviendrait pas à le briser. Et si j'avais osé essayer, mes mots se seraient fracassés sur ses certitudes.

On n'entend pas ceux qui n'existent pas.

Heureusement, les livres étaient emplis de multiples voix qui résonnaient haut et clair dans ma conscience. Je n'avais qu'à en ouvrir un, tourner les pages, les mots se trouvaient à l'intérieur, posés les uns derrière les autres, je n'avais qu'à les accrocher de mon regard pour savoir que si, j'étais là, vivante. Ce qu'ils racontaient, ainsi que ma capacité à les déchiffrer, constituaient la preuve indéniable de mon existence. Il n'y avait qu'à les écouter, il n'y avait qu'à les suivre.

Les livres m'ont vraiment sauvé la vie.

Ils ont tracé devant moi un chemin de lumière où les ombres des personnages dansaient, tantôt joyeuses, tantôt tristes, tantôt légères, tantôt alourdies de tant d'interrogations, et la mienne avait sa place parmi elles.

Aussi loin que remontent mes souvenirs, les livres ont clamé que j'existais, même si ma sœur essayait de faire croire le contraire.

Nous avons grandi côte à côte.

Deux filles nées des mêmes parents.

Une qui avait une sœur, ou du moins qui le croyait, l'autre qui avait décidé qu'elle n'en avait pas.

Une qui, jour après jour, a dû se convaincre de sa propre existence, malgré cette absence dans le regard de son aînée. Une qui a souvent pensé que lorsqu'elles seraient grandes, tout s'arrangerait – c'est ce que prétendaient les parents, la famille, et elle les a crus – alors que l'autre, l'autre fille, a toujours su qu'il n'en serait rien. Une qui s'est raccrochée aux livres pour nier le néant qui se reflétait dans les yeux de son aînée, et qui s'est toujours demandé pourquoi il en était ainsi.

Le livre que m'a offert mon père ce jour-là sur mon lit d'hôpital n'était pas un livre comme les autres. C'était un livre blanc. Un stylo l'accompagnait. J'ai tourné les pages avec circonspection, cherchant l'ombre d'une lettre ou d'un mot que quelqu'un aurait tracé. Il n'y en avait pas et c'était bien. J'ai réfléchi. Je n'avais pas peur. Je savais depuis longtemps qu'il en serait ainsi.

Un jour, je me suis décidée. J'ai laissé courir le stylo sur le papier. Ce n'était pas difficile. Et c'était net, clair, un tracé noir sur un support blanc et l'ombre de la plume qui accompagnait chaque plein, chaque délié, toujours, à tout moment.

J'ai joué avec cette ombre.

Quand la plume effleurait le papier, elle était là, collée aux mots au fur et à mesure qu'ils naissaient. Magique. Quand je levais la main, elle s'écartait un peu, mais elle restait présente, plus ou moins claire, plus ou moins sombre.

Elle ne m'a jamais abandonnée.

Avec elle, j'ai su que j'existais.

27

Sombrero m'a conduite sur les marches de tous les podiums.

La sélection nationale, d'abord. Cette année-là, j'ai terminé première. Je lui devais bien ça. Je nous devais bien ça.

Après le collège, je suis entrée dans un lycée professionnel. Ma voie était tracée et avec Sombrero elle pouvait me conduire loin. C'est ce qui s'est produit. Lui et moi, nous avons sillonné le monde. L'Europe puis les autres continents. Championnats du monde, coupe des nations, jeux Olympiques… nos noms ont résonné partout.

Je n'ai jamais oublié que, sans Léa, nous n'aurions pas existé.

Pas comme ça.

Partout où nous sommes allés, sa présence nous a accompagnés et je sais que Sombrero conserve dans sa mémoire l'image de la silhouette qui venait lire près de lui, inlassablement, avec le chien à ses côtés, pour le ramener vers nous, pour me le rendre.

Pourtant, cette nuit-là, j'ai cru que tout était terminé, que Léa et Sombrero avaient basculé dans le vide, sombré dans le néant. Je suis rentrée en claudiquant – je m'étais fait une entorse –, poussant le vélo de ma sœur que la roue avant, tordue, rendait inutilisable. J'ai réveillé mon père. Nous sommes retournés sur les lieux. Léa était allongée sur le sol, de l'autre côté du pont, inanimée. Sombrero avait disparu.

Papa a appelé les secours, alerté les parents de Léa. Tout est allé très vite, une sirène dans la nuit, des phares, une lumière bleue qui tournait sur l'ambulance, des hommes en blanc, les parents de Léa. Ils l'ont emmenée sans qu'elle ait rouvert les yeux. Le silence est retombé. L'obscurité aussi.

Quand nous sommes rentrés à la ferme, papa et moi, le jour se levait à peine et Sombrero était là, dans la cour. Il était sale, crotté, sa longe était rompue et son licol pendait d'un côté de sa tête, mais il n'était pas blessé. Il s'est approché de moi, a fourré ses naseaux dans mon cou en hennissant doucement. J'ai éclaté en sanglots.

Plus tard nous avons su pour Léa.

L'hôpital.

Le coma.

La sortie du coma.

Papa a téléphoné. Moi aussi. Elle ne voulait voir personne. On nous a assuré qu'elle s'en sortait, qu'elle allait de mieux en mieux.

Nous lui avons écrit, Anaïs, Pierrick, Lucile et moi.

Je lui ai écrit.

Elle n'a pas répondu.

Je suis allée devant son immeuble. Je n'ai pas osé sonner. J'avais peur.

Ensuite, elle a déménagé. Nous l'avons su plus tard.

Il m'a fallu du temps pour admettre que Sombrero et moi étions seuls à présent. J'ai conservé des rituels. J'ai lu et relu *L'aigle et le cheval.* Avant chaque épreuve, Sombrero et moi passons toujours un moment à en tourner quelques pages. Et chaque fois que la cloche retentit, annonçant que nous pouvons nous élancer, je ferme les yeux un instant pour sentir à nouveau le parfum de la journée de notre premier concours, alors que nous galopions ventre à terre vers le sommet de la colline, vers la lumière, essayant de semer le chien, et je retrouve intacte l'euphorie qui nous a conduits à la victoire.

Je n'ai plus qu'à murmurer : « On y va ! » pour que Sombrero laisse libre cours à sa formidable énergie.

Un jour, j'ai reçu une enveloppe matelassée par la Poste.

Je l'ai décachetée.

Elle contenait un livre.

Sur la couverture figuraient le nom de Léa et le titre : *Les chevaux n'ont pas d'ombre.*

Je l'ai ouvert. Sur une page blanche, il y avait juste deux mots, une dédicace, imprimée en lettres fines, en italique : *À Sombrero.*

J'ai tourné la page et j'ai lu la première ligne :

« Les chevaux n'ont pas d'ombre, disait toujours mon père. »

Je sais aujourd'hui ce que cela signifie.

Léa me l'a appris, c'est une question de regard. De regard et d'amour.

L'histoire de Léa, mon histoire, c'est l'histoire de deux filles.

Deux filles qui ont eu les mêmes parents. Une aînée, une cadette qui ont grandi côte à côte. Deux filles qui auraient dû être sœurs.

Il m'a fallu tout ce temps pour comprendre qu'aucune des deux n'avait eu de sœur. Jamais.

L'AUTEUR

Hélène Montardre est née dans la région parisienne. Après des études supérieures, elle exerce différents métiers : enseignante, guide culturelle, éditeur. Actuellement, elle vit avec son mari et ses deux filles près de Toulouse. Elle aime écrire bien sûr, mais elle aime aussi la lecture, les voyages, le cinéma et la nature. Hélène Montardre a notamment écrit *L'agenda*, *Amies sans frontières* et la série *Oceania* pour Rageot.

L'ILLUSTRATEUR

Originaire de Provence, **Vincent Dutrait** a étudié l'illustration à l'école Émile-Cohl de Lyon avant de travailler pour la presse et de collaborer à de nombreux livres jeunesse pour des éditeurs français et étrangers. Parallèlement, il enseigne l'art de la bande dessinée à l'école Émile-Cohl.
Influencé par les œuvres des peintres américains du début du siècle dernier, cet amateur de pêche et de musique est fasciné par la littérature fantastique, le cinéma, les voyages. Il vit dans la région parisienne avec son épouse et leur fille.

DANS LA MÊME COLLECTION

à partir de onze ans

L'agenda, H. Montardre.
Amies sans frontières, H. Montardre.
L'amour fait maison, F. Kessler.
Bagnard à seize ans, Y.-M. Clément.
Le ballon d'or, Y. Pinguilly.
Les chevaux n'ont pas d'ombre, H. Montardre.
Un chien contre les loups, H. Montardre.
C'est pas compliqué l'amour !, S. Jaoui.
La corde rouge, F. Lorient.
La cour aux étoiles, É. Brisou-Pellen.
La demoiselle et le troubadour, R. Bertin.
Dix, V. Petit.
Le duel des sorciers, J. Molla.
L'enfant interdit, M. Peterson Haddix.
La fiancée à la robe verte, A. Flegg.
Les gardiens du secret : Au cœur du complot, C. Missonnier.
Les gardiens du secret : Étranges connexions, C. Missonnier.
Les gardiens du secret : La vérité en face, C. Missonnier.

Le jardin des sortilèges, J. Molla.
Le jeu : Game over, J.-L. Luciani.
Le jeu : la Traque, J.-L. Luciani.
Kmille fait son blog, Cécile Le Floch.
Le parfum d'Isis, S. Geason.
Pirate rouge, A.-M. Desplat-Duc.
Le prince d'ébène, M. Honaker.
Le prince esclave, O. Equiano.
Rendez-vous à Paris, O. Prud'homme-Farges.
Rendez-vous à Venise,
O. Prud'homme-Farges, E. Prud'homme.
Rendez-vous sur le Nil, F. Chaput, E. Prud'homme.
La rose noire, 5 récits du Moyen Âge, collectif.
Le serment d'amour, 5 récits du Moyen Âge, collectif.
Sorcière blanche, A.-M. Desplat-Duc.
Sur les ailes du ryu, C. Lambert.
Talents cachés, D. Lubar.
Transgenic world, M. Honaker.
Le voleur de pandas, A. Surget.

Retrouvez la collection

Rageot Romans

sur le site www.rageot.fr

Achevé d'imprimer en août 2009
par Maury-Imprimeur en France
Dépôt légal : septembre 2009
N° d'édition : 5019-01
N° d'impression : 148532